novum
VERLAG

Uwe Felix

Leuchtende Augen

novum
VERLAG

Bibliographische Information der Deutschen Bibliothek:
Die Deutsche Bibliothek verzeichnet diese Publikation in der Deutschen Nationalbibliographie. Detaillierte bibliographische Daten sind im Internet über http://www.ddb.de abrufbar.
ISBN 3-902324-67-8

Printed in Austria

Gedruckt auf umweltfreundlichem, chlor- und säurefrei gebleichtem Papier.

www.novumverlag.at **www.novumverlag.de**

Auf Suche

Ich saß im Auto und kam direkt aus den Alpen, vom Wildwasser-Paddeln. Mein Ziel war die Insel Rügen an der Ostsee. In vierundzwanzig Stunden wollte ich die Insel mit einem Seekajak umrunden. Dieses Vorhaben erfüllte mich schon lange mit gespannter Nervosität. Ich überquerte die Grenze von Österreich nach Deutschland und schaltete mein Handy ein. Es war bereits längere Zeit dunkel und die Müdigkeit machte mir zu schaffen.

Das Handy signalisierte eine SMS. Wahrscheinlich eine Begrüßung vom Netzbetreiber. Ich schaute trotzdem nach. Auf dem Display standen einige merkwürdige Sätze, die ich nicht verstand. Die Unterschrift lautete: Forelle. Da macht sich jemand einen Scherz, dachte ich mir. Beim genaueren Hinschauen sah es nach einem Horoskop aus. Der Text war folgender: „Sie werden heute einen faszinierenden Menschen kennen lernen, der in Ihrem Leben eine wichtige Person wird, finden Sie heraus, wer er ist." Auf mich konnte es nicht zutreffen, ich saß allein im Auto, hatte noch bis zum nächsten Tag genug Diesel im Tank, und um diese Zeit würde mich niemand mehr anrufen. Da ich nichts weiter zu tun hatte als Auto zu fahren, beschäftigte mich die SMS schon ein wenig. Ich schaute auf die gesendete Telefonnummer. Sie lautete 0043 664... Diese Nummer kannte ich nicht. Vielleicht ein Versehen? Das war bestimmt ein Versehen. Ich schaltete das Telefon ab.

Im Radio spielten sie eine beruhigende Musik und ich freute mich darauf, morgen nach langer Zeit endlich meine Eltern wieder zu sehen. Bevor es dann endgültig an die Ostsee ging, musste ich noch ein Seekajak von einem Freund abholen. Meines lag auf Tenerife und ich hatte keine Möglichkeiten, es herbeizuschaffen. Alles klappte hervorragend und ich befand mich schon auf dem Weg nach Prerow an den Darß. Dort wollte ich

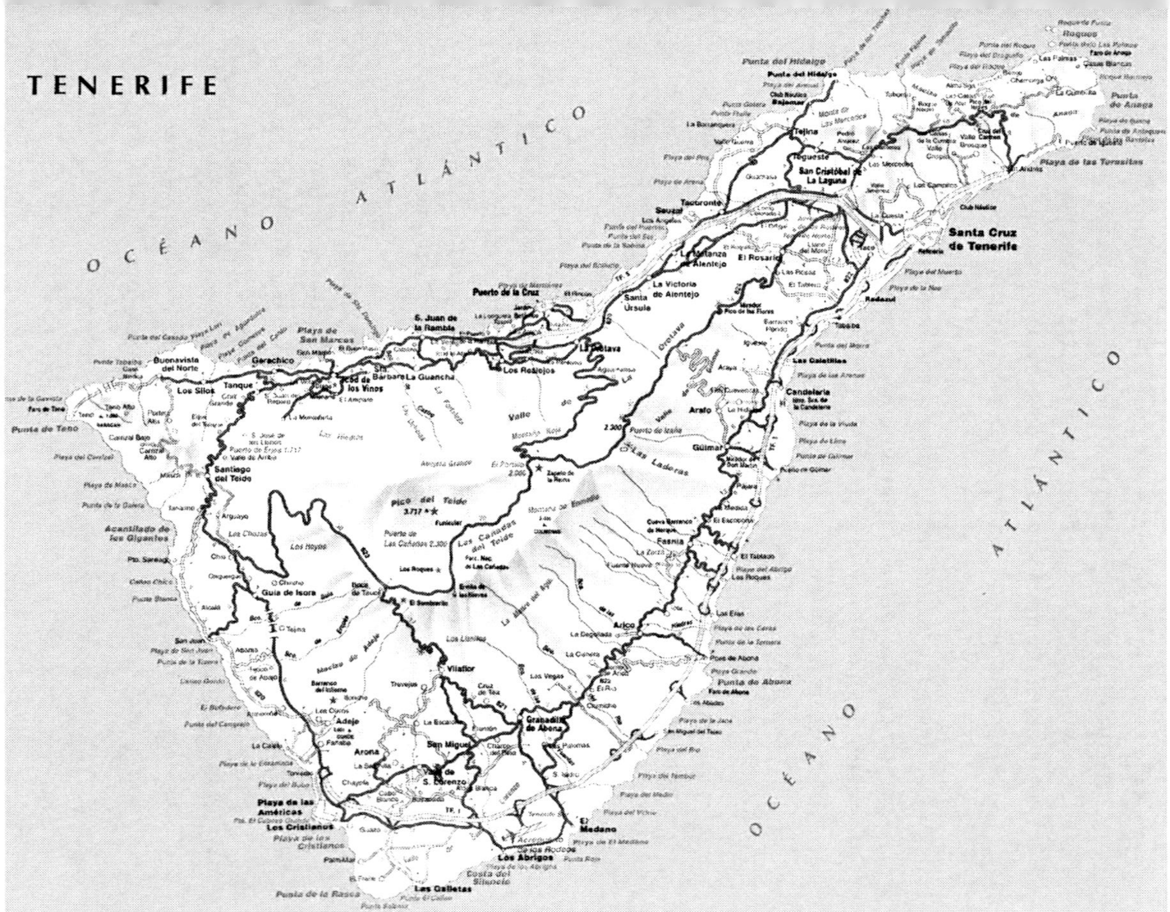

TENERIFE
OCÉANO ATLÁNTICO
OCÉANO ATLÁNTICO
Santa Cruz de Tenerife
San Cristóbal de La Laguna
Punta del Hidalgo
Punta de Anaga
Playa de las Teresitas
Tejina
Tegueste
Tacoronte
La Matanza de Acentejo
La Victoria de Acentejo
El Rosario
Santa Úrsula
Puerto de la Cruz
La Orotava
Los Realejos
S. Juan de la Rambla
Playa de San Marcos
Icod de los Vinos
La Guancha
Garachico
Buenavista del Norte
Los Silos
Punta de Teno
Santiago del Teide
Acantilado de los Gigantes
Guía de Isora
Pico del Teide 3.717
Las Cañadas del Teide
Valle de La Orotava
Candelaria
Arafo
Güímar
Fasnia
Arico
Granadilla de Abona
Vilaflor
San Miguel
Adeje
Arona
Valle de S. Lorenzo
Playa de las Américas
Los Cristianos
Los Abrigos
El Médano
Punta de Abona
Las Galletas
Costa del Silencio
Punta de la Rasca

zwei Tage bleiben, um dann meine Fahrt nach Rügen fortzusetzen.

Ich setzte mich in ein Café und wollte nur etwas trinken. Da fiel mein Blick auf eine junge Frau mit einer faszinierend natürlichen Ausstrahlung. Sie war offensichtlich mit ihrer Mutter gemeinsam im Urlaub und ich hatte das Gefühl, dass die Stimmung im Café einen aufgesetzt familiären Eindruck machte. Als ich entdeckte, dass die Mutter ihren Geburtstag feierte, gratulierte ich ihr ganz einfach. Meine Aufmerksamkeit beeindruckte die ältere Dame tief. Sie bot mir einen Platz an der Seite ihrer Tochter an. Die Feier begann nun erst richtig. Die Mutter wurde müde und ging zu Bett. Die Tochter und ich tanzten die ganze Nacht hindurch. Am nächsten Tag trafen wir uns am Strand. Sie erzählte mir sehr, sehr schöne Geschichten, denn sie war klug und unerhört belesen. Die meiste Zeit lebte sie in Amerika. Ihre Mutter arbeitete ihr ganzes Leben für den Geheimdienst, aber Einzelheiten interessierten mich nicht. Dadurch, dass sie ihren Wohnsitz oft ändern mussten, lernte sie nie einen Menschen wirklich kennen. Sie hasste das Leben dafür und ich verstand sie mehr als gut. Denn auch ich musste meiner Wege weiterziehen und wir sahen uns nie wieder.

Die Zeit, jemanden kennen zu lernen, war nicht günstig, meine ganze Konzentration galt der Inselrundfahrt. Hätte ich mich doch nie an diesen Tisch gesetzt.

Am nächsten Tag fuhr ich nach Rügen, dort paddelte ich am Kap Arkona weit aufs Meer hinaus. Die Frau ging mir nicht aus dem Kopf. Es war, als hätte ich in ihr mein Spiegelbild gesehen.

Ich kam vom Wasser mit einem tierischen Sonnenbrand. Auch meine Sinne waren etwas getrübt. Überall auf dem Meer sah ich riesengroße vorbeifahrende Schiffe und Inseln mit Palmen. Die Herbergsmutter sorgte sich sehr um mich, und ich erholte mich schnell. Einen Abend werde ich nie vergessen. Da spielte ein Mann auf einem Leierkasten alte Seemannslieder.

„Junge, komm bald wieder, bald wieder nach Haus …" Oder: „Das Meer ist meine Braut …" Toll war es hier.

Am darauf folgenden Tag beschloss ich, mir auf Rügen eine Unterkunft zu suchen. Der tägliche Anfahrtsweg vom Darß nach Rügen war mir einfach zu weit. Zum Abschied schmierte mir die Herbergsmutter Quark auf meinen Sonnenbrand und legte eiskalte Gurkenscheiben auf meine verbrannten Hautstellen. Das half ungemein. Genauso fuhr ich dann auch ab. Einige Menschen, die mich in meinem Auto sitzen sahen, hielten mich wahrscheinlich für einen Außerirdischen, der auf der Erde Urlaub machte und mit seinem Kajak unterwegs war. Mich störte das weiter nicht. Als die Klebemasse zu hart wurde, spülte ich sie an einer Tankstelle mit Wasser ab und versuchte mir neuen Quark zu besorgen, um den Heilprozess zu beschleunigen.

Auf Rügen suchte ich eine Unterkunft dicht am Wasser, die ich dann auch fand. Sie lag abseits vom Urlaubstrubel und ich brauchte eine Ewigkeit, um sie zu finden. Völlig durchgeschwitzt, es war sehr heiß an diesen Tagen, kam ich dort an.

Die Vermieterin freute sich über ihren neuen Gast und veranlasste mich zu bleiben, indem sie mir sagte: „Über den neuen Besuch wird Ihre attraktive Zimmernachbarin überrascht sein. Sie ist schon eine Woche hier und fühlt sich etwas allein. Wie lange bleiben Sie?" Scherzhaft sagte ich: „Schauen wir mal, wie einsam sie ist, und dann entscheide ich mich." Das fand sie nicht so lustig und wollte eine genauere Auskunft wissen. „Etwa drei Tage", sagte ich.

Am Abend klopfte ich vorsichtig an die Tür meiner Nachbarin und stellte mich vor. Ehe ich mich versah, war die erste Flasche Wein geöffnet.

Die Frau war super, überhaupt nicht mein Typ, aber sie besaß eine gewaltige erotische Ausstrahlung, war sehr intelligent, geistvoll, und Philosophie war offensichtlich ihre Stärke. Was ich an ihr am meisten mochte, waren ihre Klarheit, Einfachheit und die Auswahl ihrer Worte. Sie half mir dann später bei sämtlichen Vorbereitungen meiner Inselumrundung. Ich glaube, sie war vom Fernsehen, da sie einmal aus Versehen darüber sprach. Irgendwie machte sie aber ein Geheimnis daraus. Sie hatte Urlaub und wollte über die Arbeit nicht reden, was sehr verständlich war. Also hielt ich meinen Mund. Uns fielen auch andere Gesprächsthemen ein.

Nach zwei Tagen überraschte sie mich damit, dass sie Lebewohl sagen und abreisen wollte. Sie tat sich sehr schwer dabei. „Was ist passiert", fragte ich. „Es ist etwas Unvorhergesehenes eingetreten und es hat etwas mit dir zu tun." Über die weiteren Worte war ich sehr gerührt. „Na, wenn es weiter nichts ist, damit kann man doch leben. Großes Feuer, große Asche. Lassen wir es so, wie es ist. Weiß du, es spielt sich immer gleich ab. Am Anfang kann es nicht schnell genug gehen und es sieht alles rosig aus. Keiner nimmt sich Zeit, den anderen langsam kennen zu lernen. Wehe, du hast Sorgen oder Nöte, dann kommen erst die wirklichen Probleme. Die meisten glauben, dass ist der oder die Richtige. Dann entsteht durch den ersten Eindruck ein Bild. So und so, stelle ich mir es mit dir vor. So musst du sein. Weichst du von diesen Wunschvorstellungen ab oder kannst sie nicht erfüllen, endet eine Beziehung und man beginnt wieder auf fremden Bettlaken eine neue Episode. So einfach geht das. Die Wörter Harmonie und Toleranz sollte man aus dem Wortschatz streichen. Wenn sich bei dem einen Partner Unzufriedenheit einstellt und bei dem anderen dadurch Schuldgefühle und Misstrauen wachsen, war es das bereits schon. Du erfüllst meine Erwartungen nicht und damit bist du für mich gestorben. Schluss aus. Das ist das Einfachste und auch das Beste.

Warum halten aber dennoch viele Beziehungen? Aus Liebe, Ehrlichkeit, Vertrauen, Durchhaltevermögen, gemeinsame Kinder oder Existenzangst?

Ich kann nur aus meinen Erfahrungen berichten. Einen Satz habe ich oft gehört. Es tut mir Leid, dass es so gekommen ist, ich wusste selbst nicht, was ich wollte. Mit der Liebe ist es nicht so einfach, aber ohne sie geht es auch nicht.

Man ist so, wie man ist. Und wenn man einen anderen Menschen aus dir machen will oder die Erwartungen, die an dich gestellt werden, nicht erfüllbar sind, stirbst du innerlich und gibst auf.

Wer das nicht will, dass du so bist, wie du bist, will dich nicht. Die Suche geht weiter.

Wer dann findet, ist ein Findling, nein, ein Finder. Und Finder bekommen Finderlohn. Aber Achtung! Es gibt auch giftige ‚Glückspilze'. Findest du einen essbaren, musst du wieder Glück haben. Der Pilz könnte von Maden befallen sein. Also suchst du weiter. Meistens haben nur wenige Glück. Das sind die Glückseligen. Die Glückseligen sind zufrieden. Zufriedene können lieben. Wer mit sich nicht zufrieden ist, bleibt allein. Wer allein bleibt, verkümmert. Aber wer drauf kommt, warum das so ist, ist einen Schritt weiter. Das Glück findet man nur in sich selber. Du bist mit dir zufrieden und hast dadurch eine andere Ausstrahlung. Und dann senden deine Antennen. Du bewegst dich anders, du siehst anders aus, riechst besser, bist positiv drauf und kannst Signale senden und Signale empfangen. Ich hoffe, ich langweile dich nicht."

„Sprich weiter, ich höre dir zu, es ist besser, wenn du redest."

„Also, ich war auf Suche. Ich suchte eine Schaufensterpuppe. Die brauchte ich unbedingt." „Was ist denn mit dir los?"

„Lass mich weiter erzählen. Also, ich brauchte unbedingt eine Schaufensterpuppe und ging in einen Modeladen, ausschließlich für Frauen bestimmt. Nachdem ich der Verkäuferin erklärt hatte, dass ich den Geschäftsführer persönlich sprechen wollte, dauerte es nicht lange und unerwartet stand eine unbeschreiblich attraktive Frau vor mir. Ich litt unter Atemnot und sonstigen Nebenerscheinungen. Sie fragte, womit sie mir dienen könne, und das mit einer Stimme, die auf meiner Stirn Schweißtropfen entstehen ließ. Der Laden war halb voll mit Kundinnen und ich sagte, dass ich eine Schaufensterpuppe brauche und ob sie eine auf Lager hätte, die sie mir verkaufen könnte. Die Kundinnen bekamen spitze Ohren. Leider hatte sie keine da und verkaufte auch keine, aber sie gab mir eine

Adresse, wo man eine erhalten könnte. Sie nahm einen Zettel und einen Stift und schrieb eine Telefonnummer auf. ‚Den Herrn kenne ich persönlich. Schöne Grüße von mir, ich schreibe noch meinen Namen dazu. Dürfte ich Ihnen noch eine persönliche Frage stellen?' ‚Ja bitte.' ‚Was haben sie mit der Puppe vor?' Die Ohren der Kundinnen wurden noch spitzer und es wurde ganz still um uns herum. ‚Das war nur so eine Idee von mir.' Ich erklärte mit lauter und klarer Stimme, dass ich Kajak fahre und etwas Werbung machen wollte. Die Puppe sollte mit einer Wildwasserausrüstung bekleidet werden und im Boot sitzen. Das Boot wollte ich auf meinen Bus laden und so durch die Gegend fahren. Sie lächelte mich an, gab mir sogar noch einige Tipps. Die Ohren der Kundinnen nahmen wieder ihre ursprünglichen Formen an. ‚Wenn die Puppe im Boot sitzen soll, brauchen Sie die Beine nicht, da könnten Sie Geld sparen. Haben Sie schon eine Perücke, die Frau braucht doch auch Haare.' ‚Nein, habe ich nicht.' ‚Wenn Sie möchten, kümmere ich mich darum.' ‚Ja, sehr gern.' ‚Rufen Sie mich bitte an, hier meine Telefonnummer.' ‚Oh, vielen Dank.'

Langweile ich dich wirklich nicht", fragte ich meine Zuhörerin. „Nein, erzähle weiter." „Weißt du", sagte ich, „es tut mir auch gut, darüber zu sprechen." „Wollen wir ein Glas Wein trinken?" „Sehr gern." „Ich komme gleich wieder. Ich hole zwei Gläser und eine Flasche Wein aus meinem Zimmer."

Auf der Sitzbank vor dem Haus, auf der wir saßen, war es sehr gemütlich. Die Stille um uns herum, die Meeresluft und der laue Abend ließen mich in eine ungewollte quälende Sehnsucht versinken.

„Also, wie ging es weiter?"

„Die Schaufensterpuppe kaufte ich nicht, dafür trafen wir uns einige Male ganz zufällig. Einmal im Kaufhaus, einmal im Blumengeschäft – meine Mutter hatte Geburtstag – und dann noch einmal. Beim dritten Mal lud sie mich auf einen Kaffee ein. Das kann kein Zufall sein, meinte sie. Danach trafen wir uns öfter. Wenn ich sie dann anrufen wollte, war ihre Telefonleitung besetzt. Dann klingelte es kurz darauf bei mir. ‚Hallo,

Uwe, ich wollte dich gerade anrufen, aber es war besetzt.' ‚Das finde ich lustig', sagte ich, ‚ich hatte vor einer Minute deine Telefonnummer gewählt.' Das passierte uns des Öfteren. Wir kannten uns jetzt schon eine Weile und ich war bis über beide Ohren verknallt in sie. Sie wusste es und lud mich eines Nachmittags in ein Kaffeelokal ein. Sie wartete bereits auf mich und blätterte in einer Zeitung. ‚Da bist du ja', sagte sie. Irgend etwas lag in der Luft, das spürte ich sofort. Ich begrüßte sie und setze mich zu ihr. Dann ließ sie ihre Sonnenbrille, die auf ihrem Kopf klemmte, ins Gesicht fallen und fuhr mit einer Hand durch ihr dunkles prachtvolles Haar. Und dann begann sie zu reden. ‚Uwe, es gibt einen bestimmten Anlass, dass ich dich sprechen wollte. Bitte höre mir zu und sei nicht traurig darüber, was ich dir zu sagen habe. Es hat sich in der letzten Zeit in meinem Leben viel getan. Als Erstes habe ich große Angst davor, dich näher kennen zu lernen. Bevor ich dich kennen lernte, war ich lange Jahre mit jemandem zusammen, der mich schwer enttäuscht hat. Das will ich nie wieder erleben. Und ich will mich auch nicht mehr verlieben. Du wärst der Typ dafür.' Sie erklärte mir dann weiter, dass das Modegeschäft Pleite machen würde und sie dann arbeitslos sei. Ich sei Kajakfahrer und ständig unterwegs, und wie sollte ich mich um eine Familie kümmern, auch finanziell gesehen? Sie hat einen Mann kennen gelernt, den sie heiraten würde. Er verdiente gutes Geld, und bei ihm fühlte sie sich sicher, da er sie liebte und nie verlassen würde. Zwanzig Prozent Liebe, achtzig Prozent finanzielle Absicherung. Mehr erwartete sie nicht mehr vom Leben. ‚Meine Freundin kommt gleich, sie sucht einen Mann, vielleicht passt ihr beide zusammen.' So in etwa sagte sie es. Ich bekam keinen Ton heraus und fühlte mich, als wäre gerade ein dicker Knüppel auf meinem Kopf gelandet. Macht Liebe etwa doch blind? Dann kam ihre Freundin. Ein sehr nettes Wesen. Sie wollte sich nicht setzen und fragte empört, was das solle, denn sie erfuhr kurz vor mir von diesem Kuppelversuch.

Wir trafen uns später noch einmal auf Tenerife. Obwohl sie wie das blühende Leben aussah, ging es ihr irgendwie nicht gut.

Ihre Versuche, die alte Nähe zu mir wiederzufinden, konnte ich nicht erwidern." Eine Weile hing ich noch meinen Gedanken nach. Eine Stimme holte mich in die Realität zurück:

„Die Flasche Wein ist leer. Hast du keinen Hunger? Komm, wir gehen etwas essen."

Am nächsten Tag musste ich sehr viel telefonieren. Fernsehabsprache, Programmabsprache. Es sollte von der Umrundung um Rügen ein drei viertel Stunden langer Bericht entstehen. Bei all diesen Telefonaten kam mir wieder die seltsame SMS unter die Augen. Ich wählte die Nummer. Eine Frauenstimme auf dem Anrufbeantworter meldete sich. Unbekannterweise bedankte ich mich für die Nachricht, mit der ich nichts anfangen konnte. Falls es wichtig sei, bitte ich um Rückruf.

Der Rückruf kam am Abend. Die mir Unbekannte sagte, es sei nicht ihre Art, aber sie wolle mich kennen lernen, wir hätten sogar schon einmal miteinander gesprochen, es handelte sich um Forellen." Mir ging ein Licht auf.

Aus der Inselumrundung wurde nichts. Das Wetter war zu schlecht.

Die geheimnisvolle SMS führte mich zu einer Frau nach Wien. In sie verliebte ich mich und es verlief alles wie immer – ich bin eben nur ein Kajakfahrer …

Am Ziel

Allmählich verlässt mich meine letzte Kraft. Das Schlimmste ist, dass ich nichts mehr richtig erkenne. Die Sonne, der Schweiß und das Salzwasser haben meine Augen stark in Mitleidenschaft gezogen. Und dazu kommt noch die endlose Müdigkeit und die Anstrengung vom genauen Hinschauen und Beobachten. Ich sehe alles nur noch verschwommen. Das Ziel rückte näher, aber meine beiden Begleiter, die Fischer, erkenne ich nicht mehr. Wo sind sie? Das ständige Kopfdrehen strengt mich zu sehr an. Ich kann nur noch geradeaus schauen. Nichts am Körper kann ich fühlen, die Schmerzgrenze ist weit überschritten. Dann sehe ich ein Feuerwerk, ein Fest – wie schön. Wo ist denn der Hafen, der müsste doch bald kommen. Ah, da leuchtet eine drehende Lampe, dort ist die Hafeneinfahrt, und emotionslos paddle ich weiter. Ich spreche mit mir selbst und rede nur noch wirres Zeug. Das Sprechen hält mich wach und dadurch fühle ich mich nicht so allein auf dem Meer.

Ich müsste doch bald da sein, hält hier keine U-Bahn? Hilfe, ich gehe gleich unter, und die Ratten verlassen schon das sinkende Schiff. Morgen paddle ich gleich weiter, ich glaube, das Wetter wird gut.

Ah, da ist der kleine Leuchtturm. Links irgendwo müsste doch die Einfahrt sein, oder rechts. Sie ist links. Aber ganz schön dunkel hier. Wie soll ich da die Einfahrt finden?

Ich wende mein Kajak und will links vom Leuchtturm in den Hafen einfahren. Da höre ich ein Motorgeräusch aufbrausen. Der Dünne – einer meiner Begleiter, dessen Namen ich nicht kenne – schreit unaufhörlich. Was ist los, denke ich mir. Freudenschreie vielleicht? Sie stehen hinter mir, ich soll sofort umdrehen und raus aufs Meer zurückfahren. Wieso das denn, ich will doch ans Land! Und dann erkenne ich die Gefahr. Das ist nicht die Einfahrt, sie befindet sich genau am anderen Ende der Mole. Dann bemerke ich, dass ich schon zu dicht ans Ufer geraten bin. Die Fischer können mir jetzt nicht mehr helfen und fahren sofort aufs Meer zurück. Und immer wieder hallt ein lautes Schreien und Rufen durch die abendliche Luft. Wenn sich jetzt eine Welle überschlägt und mich mitreißt, dann ist es aus mit mir und das kurz vor Beendigung meiner langen, langen Fahrt. Völlig benommen versuche ich dem Tor des Todes zu entweichen, aber meine Kraft reicht nicht mehr aus, um mein Kajak schnell genug zu wenden. Die Wellen sind hoch und schieben mich unentwegt an einen Punkt, an dem ich dem Wasser hoffnungslos ausgeliefert bin. Das schaffe ich nicht, die Welle überschlägt sich gleich und reißt mich dann mit. Warum passiert das ausgerechnet an dieser Stelle? Es ist vorbei, sie beginnt sich schon zu überschlagen. Für mich ist jede Hoffnung verloren, und in diesen Moment spüre ich, dass ich mich gegen diese gewaltige Kraft nicht wehren kann. Mein Schicksal hat sich entschieden. Es ist aus und vorbei. Der seidene Faden, der mein Leben bisher immer festhielt, zerreißt.

Meine Augenlieder senken sich und ich warte auf das, was jetzt kommt. Hat sich das Meer, das ich achte und ehre, gegen mich gestellt? Wozu noch nachdenken, alles hat seinen Preis.

Wo bleibt denn die Welle? Ich öffne meine Augen und verstehe nicht, was ich sehe. Keine Schaumkrone in Sicht. Die hat sich wieder aufgelöst. Ich hatte sie doch mit eigenen Augen gesehen. Bin ich schon in einer anderen Welt oder noch in der Wirklichkeit? Ich knalle meinen Paddelschaft so heftig wie möglich gegen meinen Kopf, um festzustellen, ob ich noch da bin oder was sonst mit mir ist. Hey, das tat weh, ich lebe noch auf dieser Welt! Schnell das Boot umdrehen und weg hier. Das gibt es nicht, ich bin der Gefahr entkommen. Im gleichen Augenblick höre ich die Fischer kreischen und jubeln. Dicht fahre ich an sie heran, und mit lässigen Gesten machen sie mir klar, dass meine Aktion mir fast das Genick gebrochen hätte.

Ich solle die Augen offen halten und jetzt nicht leichtsinnig werden. Die Hafeneinfahrt kommt gleich und wird bei den heutigen Bedingungen nicht einfach zu passieren sein. Ich nicke ihnen zu und bestätige ihnen damit, dass ich ihrer Aufforderung folgen werde.

Wie wird die Hafeneinfahrt ausschauen? So gefährlich wie vor vier Jahren? Bitte nicht, es wäre in der Dunkelheit nicht zu schaffen.

Die Fischer sind nervös, beide stehen im Boot und schauen in Richtung Hafeneinfahrt. Dann sehen sie zu mir herüber. So habe ich sie die ganze Fahrt nicht erlebt. Unerschrocken waren sie meine ständigen Begleiter und von Angst war bisher keine Spur zu erkennen.

Die Spannung steigt und die Zeit will nicht vergehen. Sollte dies die letzte Prüfung sein? Die Fischer werden langsamer und beobachten die Einfahrt. Ich paddle ihnen voraus. Ich bleibe stehen und die Fischer rücken nach. Besorgte Blicke kreuzen sich und ich beobachte die Wellen genauer. Fast jede Welle überschlägt sich. Es ist viel komplizierter, als ich annahm. Ein Warten beginnt. Die Fischer geben mir ein Zeichen, dass der Diesel nicht mehr lange reicht. Die Wellen würden dann ihr Boot an der Mole zerschmettern. Ich muss in den Hafen und Hilfe holen, vielleicht habe ich eine Chance, hineinzukommen. Meinetwegen haben sich die Fischer in Gefahr gebracht und mich beschützt. Den ganzen langen Weg haben sie auf mich geachtet. Sollte das ihr Schicksal sein? Das darf ich nicht zulassen. Der Dünne schaut traurig und bedrückt. Denkt er in diesem Moment an seine Frau und seine kleinen Kinder? Ich halte diesen Wartezustand nicht länger aus. Es muss etwas geschehen. Wenn es mir gelingt, dicht hinter einer Welle zu bleiben, könnte ich durchkommen. Ich muss es schaffen.

Ich gebe den Fischern ein Zeichen und gleich darauf paddle ich los. Dann höre ich noch Rufe, aber schon nehme ich nur noch das Rauschen der Wellen wahr.

Die Welle bewegt sich langsam. Ich klemme dicht hinter ihr und darf mich keinen Zentimeter von ihr entfernen. Wenn ich zu langsam werde und nach hinten wegrutsche, dann schluckt mich die nächste und das wäre katastrophal.

Im gleichbleibenden Abstand halte ich mich hinter ihr, wie angesaugt, und die Welle zieht mich fortlaufend mit. Vorsichtig steuere ich mein Kajak immer ein Stück mehr nach rechts. Noch ein kleines Stück und noch ein Stück. Mein Kajak hat die optimale Linie gefunden und es rutscht unaufhörlich dem rettenden Hafen entgegen. Ich habe es geschafft, ich bin hinter der Mole. Ich kann es kaum glauben, dass es mir gelungen ist. Jetzt schnell für die Fischer Hilfe holen.

Nach ein paar Paddelschlägen höre ich kurz hinter der Mole ein aufbrausendes Motorengeräusch. Das können doch nur der Dünne und Mario sein. Ich drehe mich um und sie sind es wirklich. „Los, kommt weiter, das schafft ihr! Kommt weiter so, los! Nur noch ein Stück! Los, weiter so, weiter, weiter!" Dann dreht sich ihre Bootsspitze in Richtung Hafeneinfahrt. Noch einmal Vollgas und sie befinden sich hinter der Mole und in Sicherheit. Ein langes gemeinsames Aufschreien schallt durch den Hafen.

Von Herzen erleichtert, dass die Fischer unversehrt den Hafen erreicht haben, paddle ich zum Strand. Und dann breiten sich Traurigkeit und ein innerer Schmerz aus. Wozu das Ganze? Was hatte das alles für einen Sinn? Ich schäme mich und fühle mich leer.

Ein paar Zaungäste schauen mir zu, wie ich mich aus meinem Kajak quäle. Dann kommt ein Mann in mittleren Jahren, der einen sehr schönen Anzug trägt, gelaufen und stützt mich. Er wartet schon seit Stunden auf mich, hat daran geglaubt, dass ich es schaffen werde, und begann sich schon große Sorgen zu machen. Dann gratuliert er mir für meine außerordentliche Leistung, umarmt mich und ist tief berührt. Ich kenne ihn nicht und habe ihn auch noch nie gesehen. Im nächsten Moment rutscht mein Boot ins Wasser. Ich selber kann nicht gehen und mich auch nicht bewegen, um es aus dem Wasser zu ziehen. Der Mann fragt mich, ob ich mich allein aufrecht halten kann. „Es wird gehen“, sage ich. Hilflos stehe ich da und beobachte, wie der Mann, den ich vorher noch nie gesehen habe, mit seinem Anzug ins Wasser steigt und mein Boot herausfischt. Mir ist das peinlich, aber ich kann mich nicht vom Fleck rühren. Mario und der Dünne bewegen sich im Laufschritt in unsere Richtung. Sie mussten noch ihr Boot festmachen. Sofort helfen sie dem Mann und tragen mein Kajak ans Ufer. Gemeinsam kommen sie zu mir herüber. Alle drei strahlen und führen ein begeistertes Gespräch, dabei möchte mich der fremde Mann weiter stützten. Mein T-Shirt ist mit einer Salzkruste und ekligen Schweißrändern überzogen. Ich kann nicht mehr länger stehen und möchte ins Hotel. Mit einem festen Griff hält mich der Unbekannte und führt mich zu meinem Auto. Ich setze mich auf die Motorhaube um auszuruhen.

Einige Menschen stehen dort und schauen mich neugierig an. Eine Touristin sagt: „Furchtbar, der ist ja völlig hinüber.“ Als ich meinen Blick senke, sehe ich auf meine Oberarme, die aufs Schlimmste zugerichtet sind. Stückweise fehlt überall Haut an ihnen. Mein Gesicht fühlt sich so ähnlich an. Bloß gut, dass Mario und der Dünne mit meinem Boot kommen. Ich will hier weg. Dann höre ich jemanden sagen: „Ach so, der wollte einen Rekordversuch starten. Was haben die bloß davon? Die ruinieren doch alle ihre Gesundheit. So etwas Blödes auch.“

Ich denke mir, hau endlich ab, du dicke aufgequollene Qualle mit deiner aufgetakelten Silberlocke! Schau dich doch mal an, wie du aussiehst.

Schützend stellt sich der Fremde vor mich. Dann zieht er einen Ring vom Finger und will ihn mir zum Abschied schenken und damit seine Hochachtung für meine Leistung ausdrücken. Ich kann ihn nicht annehmen, auf keinen Fall. „Bitte nimm ihn, es wäre eine große Ehre für mich, wenn du ihn trägst.“ Ich schaue ihn an und meine Blicke sollen ihm sagen, dass seine sympathische und respektvolle Anwesenheit schon ein überaus kostbares Geschenk für mich waren. Dann entschuldigt er sich bei mir, dass er nicht länger bleiben könne, da er seine eigene

Feier verlassen hatte und sehr viele seiner Freunde auf ihn warteten. Ich begreife das Ganze nicht, aber eines begreife ich, das ist ein Mensch, dem man nur einmal im Leben begegnet.

Die Fischer öffnen das Auto, legen mir mein Hemd über die Schultern und holen die Spanngurte heraus. Wie kleine Eichhörnchen sehen sie mich an, denn sie wissen nicht, wie man ein Boot verspannt. Ich gebe Anweisungen: erst das Kajak aufladen, und dann zieht man die Gurte so und so durch, und so macht man sie fest. Irgendwie verstehen sie mich schlecht. Genau so ist das Boot dann auch verspannt. Da ich wegen meiner Bewegungseinschränkung nicht mehr das Auto fahren kann, müssen die Fischer heran. Erst will keiner. Mario zieht das Los. Bedenklich und skeptisch schaut er sich den Schaltknüppel an und dann wird das Objekt Auto weiter untersucht. Ich sitze neben ihm und zeige mit meinem krummen Finger auf den ersten Gang. Er dreht den Schlüssel im Autoschloss so ruckartig und kräftig um, dass ich annehmen muss, er wolle einen Korkenzieher daraus machen. Das Auto will nicht starten, er verliert die Nerven und ist im Begriff, wieder auszusteigen. Der Dünne hindert ihn daran, der Motor springt an und säuft gleich wieder ab. Wie hat der nur seinen Bootsmotor zusammengebaut, denke ich.

Der Motor zündet und Mario knallt den ersten Gang hinein. Das Geräusch, das er dabei verursacht, tut mir richtig weh. Er fährt nur mit dem ersten Gang, ohne einmal zu schalten. Das Auto ruckt hin und her. Da die Gurte nicht richtig verspannt sind, bewegt sich mein Boot auf dem Dach. Hoffentlich fällt es nicht herunter. So fahren wir durch die Stadt bis zum Hotel. Als wir auf der Suche nach einem geeigneten Parkplatz mehrere Ehrenrunden im Ort drehen, fallen wir langsam auf.

Im Hotel wollen sie uns sofort wieder wegschicken, da wir etwas sehr verwahrlost aussehen. Mario schlägt mit der Faust auf den Tresen, dass die Wände nur so wackeln. Die Frau an der

Rezeption erkennt mich dann doch und sagt: „Wie schnell man sich in so kurzer Zeit verändern kann. Ihr Zimmer haben Sie ja noch bei uns." Beim Ausfüllen der Anmeldung hält sie sich die Nase zu, entfernt sich dann kurz und kommt mit einem blassen und schmerzverzerrten Gesicht zurück. Was hat die nur, fragen sich verwundert die Fischer. Der fehlen Vitamine und frische Luft. Immer in diesen geschlossenen Räumen arbeiten, das kann doch nicht gesund sein. Die Fischer schleppen mich auf mein Zimmer, und die Dame an der Rezeption schaut uns noch eine Weile nach.

Die Fischer wollen mir dann beim Umkleiden helfen, aber mein T-Shirt klebt an meinen Scheuerwunden. Sie drehen die Dusche auf und fragen mich, ob ich noch auf ein Bier komme. „Natürlich komme ich mit." „Kommst du alleine zurecht?" „Ja", sage ich. „Wir treffen uns an der Rezeption." „Alles klar."

Unter der Dusche spüre ich nicht mehr, ob das Wasser kalt oder warm ist. Mein T-Shirt löst sich langsam vom Körper. Ausziehen kann ich es trotzdem nicht, weil meine Bewegungs-Amplitude so eingeschränkt wie bei einem Rheumakranken ist. Ich verlasse die Dusche und probiere weiter. Es dauert eine Ewigkeit und kostet mich viel Konzentration, ehe ich es ausziehen kann. Nun heißt es, frische Sachen anziehen.

Das Telefon klingelt und die Dame in der Rezeption erinnert mich daran, dass die Fischer schon lange auf mich warten und langsam unruhig werden. „Ich komme gleich", sage ich. Dann sehe ich in den Spiegel und erblicke mein Gesicht. Vor Entsetzen laufen mir Tränen über die Wangen.

Wofür das alles, denke ich und kämpfe wie ein Wahnsinniger, um mir ein paar Sachen überzustreifen. Hatte die Silberlocke doch Recht gehabt, als sie sagte: „Was haben die bloß davon?"

Ich stehe auf dem Gang und muss irgendwie zum Fahrstuhl gelangen. Fußlänge um Fußlänge bewege ich mich fort. Was habe ich aus mir gemacht? Einen Krüppel! Und wieder kullert eine Träne. Der Fahrstuhl ist klein und hässlich. Verbrauchte Luft verpestet den Raum. Wenn der Fahrstuhl nicht gleich hält, ersticke ich. Mir wird übel und der erste Brechreiz überkommt mich. Die Tür wird von den Fischern geöffnet. Sie lauerten schon eine Weile und ohne lange Erklärungen greifen sie mir unter die Arme und tragen mich davon. Einige Hotelgäste sehen das und stehen völlig versteinert da. Wenn man sie jetzt antippte, fielen sie vermutlich genauso um.

Vor dem Hotel sage ich: „Bitte nicht in die Stadt, wir suchen uns hier in der Nähe eine nette Bar.“ Diese finden wir dann auch.

Es riecht aufdringlich nach Fisch und verbranntem Fett. Ich will sofort wieder hinaus, aber den Fischern gefällt es gut hier.

Sie setzen mich auf einen Stuhl und bestellen drei Bier. „Ich will kein Bier, ich trinke ein Mineralwasser mit Zitrone.“ Und wieder sehen sie mich wie Eichhörnchen an. Sie geben mir zu verstehen, dass Männer Bier trinken, und wenn ich an diesem Tisch Wasser oder Mich trinken würde, müssten sie sich sofort woanders hinsetzen. Ich gebe nach und werde etwas ruhiger.

Die Kellnerin bringt das Bier und schaut mich dabei erschrocken an. Ihr Blick verfängt sich mit meinem, und das erste Glas landete fast im Aschenbecher. Mario hält es sicher mit seinen ungepflegten Fingern fest. Ein Bier wäre an diesem Tisch niemals umgekippt. Mario sperrt seinen Mund auf, und das Bier ist mit einem Wimpernschlag verschwunden. Die Kellnerin läuft sich die Hacken wund.

Ich habe große Probleme, auf dem harten Stuhl zu sitzen, und noch größere, die Schwerkraft meines Glases zu überwinden. Hilfsbereit steht mir der Dünne zur Seite. Wenn ich etwas trinken will, stützt er meinen Arm und hebt ihn vorsichtig mit an. Fürsorglich achtet er darauf, dass kein Schluck daneben läuft. Dann kommt das Essen. In unserer kleinen gemütlichen Runde ist ein Essbesteck mehr als überflüssig. Es schmeckt auch so. Der Dünne füttert mich wie ein Kleinkind, da der Versuch ein Essbesteck zu halten misslingt und meine Arme sich nicht mehr bewegen lassen wollen.

Noch heute durchlebe ich diese Situation mit den gleichen Gefühlen wie damals.

Der Abend wurde sehr schön. Die Fischer erzählten unserem Publikum, was geschehen war, und ich musste ständig meine Hände vorzeigen, um die Interessenten mein rohes Fleisch in den Handflächen bestaunen zu lassen. Langsam begriffen die Leute und hörten Mario aufmerksam zu. Über die Begegnung mit dem Hai erzählte er am liebsten und wiederholte die Geschichte immer wieder. Mir gefiel das nicht, weil es mit einem Erlebnis verbunden war, worüber ich in Wirklichkeit nie erzählen wollte.

Der Abend verlief anstrengend und unterhaltsam zugleich. Später brachten die Fischer mich zurück ins Hotel.

Sie waren guter Laune, drehten noch eine kleine Runde in der Stadt, und ich schleppte mich in mein Bett.

Jede Stelle meines Körpers schmerzte. Die Bettdecke lag auf meiner Haut wie Sandpapier. Ich schob sie weg. Ich wusste nicht, ob ich den nächsten Morgen erleben würde, und schlief mit Tränen in den Augen ein.

Früh läutete das Telefon. Ich konnte es nicht greifen, so sehr ich mich auch anstrengte. Der Klingelton verstummte. Dann läutete es erneut. Wiederum bemühte ich mich, ans Telefon zu gelangen. Dieser Versuch missglückte ebenfalls. Jetzt hörte es nicht auf zu klingeln. Endlich, nach langen und qualvollen Anstrengungen ergriff ich den Hörer.

„Verzeihen Sie bitte, dass ich so früh anrufe", sagte eine Frauenstimme, „Ihre Freunde wollen Sie sprechen, Sie möchten sofort hinunterkommen." „Was ist geschehen?", fragte ich. „Sie wollen los und bekommen noch Geld von Ihnen." „Ich weiß." „Kommen Sie bitte schnell, sie sind nicht sehr freundlich zu mir." „Ich komme, aber es kann noch etwas dauern." „Ich sage ihnen Bescheid."

Was ist denn mit denen los, frage ich mich. Warum wollen sie denn so schnell weg? Im Zeitlupentempo ziehe ich mich an, nehme einen Scheck, meine EC-Karte und meinen Reisepass und verlasse mein Zimmer.

Ungeduldig standen die Fischer an der Rezeption. Mario machte nicht den besten Eindruck auf mich. Was hatte er bloß?

„Guten Morgen“, sagte ich. Sie schickten einen Brummton zurück. Ob sie nicht gut oder zu wenig geschlafen hatten?

Mario kam gleich zur Sache, er nannte die restliche Summe, die ich noch zu zahlen hätte. Die Summe kam mir fremd vor und ich fragte noch einmal. Nervös beantwortete er meine Frage. Ich verstand wieder nicht. Dann nahm ich einen Zettel und einen Stift zur Hand, er sollte die Summe auf das Blatt schreiben. Ich schaute auf das Blatt und las die Gesamtsumme. „Alles klar“, sagte ich. Anschließend nahm ich selber den Stift in die Hand, schrieb die Summe der Anzahlung darunter und zog unter beide Zahlen einen Strich. Das ergab die Restsumme von so und so viel. Er schaute mich an und sagte: „Nein.“ Nahm seinen Finger und tippte auf die obere Zahl. „Ja“, sagte ich, „das ist die Gesamtsumme und unten steht der verbleibende Betrag. Wo liegt das Problem?“

Und dann ging es los. Er hätte mehr Diesel verbraucht, musste seinem Begleiter etwas geben und hatte vor, sich ein anderes Boot zu kaufen. „Das geht mich doch nichts an“, sagte ich, „ausgemacht ist ausgemacht.“ Die Lage spitzte sich zu. Etwas mehr würde ich drauf legen, aber nur, wenn der Dünne es bekäme. Er ließ sich nicht abbringen und das Gespräch verschärfte sich. Ich sagte, dass dies zu viel wäre. Er würde die vereinbarte Summe bekommen und nicht mehr. Darauf entgegnete er: „Du bist um die Insel gepaddelt und bekommst dafür viel Geld.“ Ach, daher wehte der Wind. Wie kam er denn darauf? Ich bin doch nicht für Geld gepaddelt. Was dachte er über mich? Woher sollte das Geld kommen? Sponsoren besaß ich keine und wollte auch keine, und schenken wird mir niemand etwas. Warum auch? Das war meine eigene Angelegenheit, ich habe das mit mir selbst ausmachen müssen. „He Jungs, werdet wach! Was ist los mit euch? Vertrauensvoll habe ich mein Leben in eure Hände gelegt und bin dabei sehr gut gefahren, wofür ich euch auch sehr dankbar bin, und jetzt streiten wir uns um Geld?!" Ich war enttäuscht und wollte weiter nichts als die Sache erledigt haben.

Einen Scheck akzeptierte er nicht und die Banken hatten um diese Zeit noch nicht geöffnet, also gingen wir zu einem Geldautomaten.

Langsam liefen wir die Straße entlang. Mario schaute mich etwas mitleidvoll von der Seite an. Er bemerkte, dass meine Hüftknochen schmerzten und dass meine Fersen durch das viele Steuern im Kajak aufgescheuert waren und ich nicht in den Schuhen laufen konnte.

Der erste Automat spuckte kein Geld aus. Mario wurde nervös. Beim nächsten Automaten hörte ich das Geld flattern. Gleich darauf tippte ich nochmals eine Summe ein. Das Geräusch wiederholte sich. Wir liefen zum nächsten Automaten und ich schaffte es wieder, Geld zu ziehen. Und dann streikten alle weiteren Automaten. Heute keine Abbuchung mehr möglich. Ich zählte das Geld, aber es fehlte noch etwas. „Mario, ich bringe dir das restliche Geld nach San Andrés. Heute kann ich leider kein Geld mehr abheben. Man bekommt nur eine bestimmte Summe am Tag."

Ich gab Mario das Geld, aber er war mit diesem Ergebnis nicht zufrieden. „Mario, morgen Abend bringe ich dir den Rest." Aber er schaute mich misstrauisch an. Unzufrieden ging er in Richtung Hafen und ich lief ihm nach. Ich wollte mich noch beim Dünnen bedanken und verabschieden.

Am Hafen erwartete uns die Polizei. Mario hatte sein Boot widerrechtlich geankert. Er musste seine Papiere zeigen, und die Gesetzeshüter legten eine Geldstrafe fest wegen unerlaubten Anlegens im Hafen. Ich versuchte mich in dieses Gespräch einzumischen und zu erklären, warum es dazu gekommen war. Sie sahen mein Gesicht und ich zeigte ihnen meine Hände. Sie ließen den Strafzettel sinken. Sie hatten davon gehört und staunten, dass jemand um die Insel paddelte. „Du hast es wirklich geschafft?", fragten mich die Polizisten. Sie konnten es nicht fassen, mich persönlich kennen gelernt zu haben. „Wenn ihr sofort ablegt, vergessen wir die Sache, da das Boot auch wetterbedingt in den Hafen musste.“ Die Fischer bedankten sich herzlichst und machten sich sofort auf den Weg. Nach einigen Minuten waren sie verschwunden und ich schaute ihnen nach. Gewissenhaft beobachteten die freundlichen Polizisten den Vorgang und klopften mir zur Verabschiedung auf die Schulter. Die Hand können sie mir nicht geben, erklärte der eine, weil sie mir nicht wehtun möchten.

In der Apotheke schauten alle ganz erschrocken auf meine jammervolle Gestalt. Ich sagte, ich brauche Verbandszeug und einige Salben für Verbrennungen, offene Wunden und einiges mehr. „Du musst sofort zum Arzt“, meinte eine Apothekerin. „Ich bin nicht krank, ich bin nur etwas verletzt“, antwortete ich. „Du musst zum Arzt“, wiederholte sie. „Setz dich bitte auf diesen Stuhl, wir rufen einen Arzt.“ „Ich möchte keinen Arzt und sitzen kann ich schon gar nicht. Ich brauche Salbe und Verbandszeug.“ Ohne mich weiter zu fragen, wollten sie einen Rettungsdienst informieren. Dieser war nicht frei und ich sollte warten. Sie wunderten sich, dass ich keine Hilfe annahm. Aber wie sieht denn das aus – um die Insel paddeln und dann im Krankenhaus liegen! Außerdem hatte ich Mario versprochen, dass ich am nächsten Tag nach San Andrés fahre. Kommt nicht infrage. Ich drehte mich um und ging. Sie riefen mich zurück. „Du bekommst deine Sachen. Hilfe zu leisten, ist unsere Pflicht und wir können uns genau vorstellen, was mit dir ist.“ Dann holten sie noch zwei Krücken. „Die leihen wir dir, die musst du aber wieder zurückbringen.“ „Vielen Dank, aber mit denen kann ich nichts anfangen. Meine Handgelenke und meine Hände sind total im Eimer.“ „Zeigen Sie die mal.“ Ein lauter Aufschrei folgte. „Sofort hinsetzen, wir verbinden die Hände und deine Handgelenke gleich hier. Aufs Gesicht schmieren wir auch noch etwas.“ Zum Glück konnten sie meine Arme nicht sehen, da ich ein langes Hemd trug. „Bitte setz dich auf den Stuhl.“ Obwohl ich wusste, dass ich das besser nicht tun sollte, setzte ich mich doch und stöhnte auf. „Was ist passiert?" Den Damen wollte ich das lieber nicht erklären, doch sie kamen selbst darauf. Dann lachten sie Tränen. Ich kam mir ziemlich ausgeliefert vor und versuchte mich herauszureden. Das machte die Sache nur noch schlimmer. „Um das andere musst du dich sicher selbst kümmern, da können wir dir leider nicht helfen." Das Lachkonzert endete nicht, am liebsten hätte ich mich aus dem Staub gemacht. Aber eine junge Dame verband mich bereits, und ihr Duft und diese schwarzen Locken waren betörend. Leider konnte sie sich das Lachen auch nicht verkneifen, zumindest versuchte sie es ein wenig. Ich musste hier weg.

„Du brauchst nichts zu bezahlen, das schenken wir dir. Sieh zu, dass du gesund wirst, und bringe die Krücken zurück." Ich bedankte mich und eilte davon.

Im Hotel ging es weiter. „Da sind Sie ja. Sind Ihre Freunde endlich verschwunden?" „Was soll das heißen?" „Na ja, ich habe doch heute Morgen alles mitbekommen." „Na und?" „Die waren übel drauf." „Fand ich überhaupt nicht, die sind immer so. Darf ich mal telefonieren, und könnten Sie mir beim Übersetzen helfen?" „Gerne, Herr Felix. Welche Nummer darf ich wählen?" „Die steht hier auf dem Zettel."

Sie begann zu reden und übersetzte für mich: Viele Glückwünsche, warum ich nicht angerufen habe, da sie noch mehr Aufnahmen machen wollten, und die Gesamtfahrzeit von siebenundzwanzig Stunden sei nicht schlecht. Ich soll, wenn ich Zeit habe, mal vorbeikommen …

Ich bedankte mich und sagte, dass es mir gut gehe und dass die Strecke länger als zweihundertvierzig Kilometer gewesen wäre und ich deshalb länger gebraucht hätte.

„Hauptsache, es geht Ihnen gut, das Video schicken wir Ihrem kubanischen Freund. Der Bericht wird dann gesendet."

„Danke für das Gespräch."

Der Dame an der Rezeption fiel der Hörer aus der Hand. „Sie sind um die Insel gepaddelt?" „Ja, die Fischer haben mich begleitet." „Die kannten Sie vorher nicht?" „Das ist eine lange Geschichte, ich muss mich hinlegen." Sie lief zum Lift und öffnete mir die Tür. „Erholen Sie sich gut, und wenn Sie etwas brauchen, rufen Sie an, wir stehen Ihnen jederzeit zur Verfügung." „Vielen Dank."

Am Nachmittag wurde ich mehrmals durch das Telefon geweckt. Man fragte mich, ob es mir gut gehe und ob ich einen Wunsch hätte. Dann schlief ich vierundzwanzig Stunden. Hin und wieder klingelte das Telefon.

Das lange Schlafen hatte mir gut getan. Auf dem Programm standen heute: Körperpflege und einsalben, Geld abheben, Krücken zurückbringen und den Damen als Dankeschön ein kleines Präsent kaufen, nach San Andrés fahren und Kohle abliefern. Hoffentlich schaffte ich das mit meinen Händen.

Ich war guter Dinge, humpelte wieder zum Geldautomaten, aber es wurde langsam besser mit dem Laufen.

Der Automat signalisierte: Konto gesperrt. Na prima, was war jetzt wieder? Ich humpelte zum nächsten. Na also, das Geld floss. Nicht vergessen, Präsent für die Damen kaufen. Was ich damals wählte, weiß ich nicht mehr, aber ich war von nun an sehr gern gesehen.

Ich schleppte mich zum Auto. Zum Glück fuhr Mario nicht. Im ersten Gang bis San Andrés, das wäre bestimmt lustig geworden.

In San Andrés hielt ich dicht am Meer, in der Nähe eines kleinen Restaurants. Hier wollten wir uns treffen. Die Krücken ließ ich im Auto, mit denen wollte ich dort nicht erscheinen. Der Weg war uneben. Obwohl es bis zum Lokal nicht weit war, brauchte ich eine Ewigkeit bis dorthin.

Das Restaurant war in zwei Räume aufgeteilt. In dem einen hielten sich die Fischer auf und in dem anderen die Restaurantgäste. Ich kannte mich nicht aus und betrat den Raum der Fischer. „Hier ist für Fremde kein Zutritt, du musst nach nebenan." „Ich suche Mario." „Was willst du von ihm?" „Er hat mich bei der Inselumrundung begleitet, wir wollten uns hier treffen." „Bist du der Kajakfahrer?" „Ja, der bin ich." „Warte nebenan, ich hole ihn gleich."

Die Räume waren miteinander verbunden, aber ich sollte außen herum laufen und den offiziellen Eingang benutzen.

Lange Zeit wartete ich und dann kam Mario. Er setzte sich an meinen Tisch und machte auf mich einen ganz ruhigen, entspannten Eindruck, als käme er gerade aus dem Urlaub. Wir unterhielten uns ein wenig, dann gab ich ihm das restliche Geld. Einen Augenblick starrte er auf die Scheine, bis ich ihn aufforderte, er solle nachzählen. „Nein", sagte er, „es wird schon stimmen." „Zähle bitte nach." Er zählte nach und ihm war nicht wohl dabei. „Zähle noch einmal", sagte ich. Jetzt bemerkte er erst, dass ich ihm mehr gegeben hatte. „Das ist zu viel." „Zähle noch einmal", forderte ich. Und er zählte wieder. Was zu viel war, gab er mir zurück. Ich steckte es aber nicht ein. „Gib das bitte dem Dünnen, er hat es verdient." „Gib du es ihm."

Einige Minuten später meinte er, die anderen hätten nichts dagegen, wenn ich mit hinüberkäme. Ich sagte: „Ja, sehr gerne."

Egal wann ich später in dieses Lokal kam, jederzeit war ich herzlich willkommen. Und es gab nicht einen einzigen Tag, an den ich mich erinnern kann, wo es mir gelang, meine Getränke und das Essen selber zu bezahlen. Die Fischer von San Andrés respektierten mich nicht nur wegen meiner Inselumrundung, sondern weil sie wussten, dass auch ich sie respektvoll achtete.

Eingebung

Schon als Kleinkind wurde ich das Gefühl nicht los, mein Leben wird nicht normal verlaufen. Eine ernst zu nehmende Lebensmittelvergiftung wollte mein kurzes Dasein frühzeitig beenden. Dagegen kämpfte ich an und blieb unter den Lebenden. Kaum zu Kräften gekommen, erwarteten mich die nächsten Prüfungen auf meine Überlebensfähigkeit. Ich war stolz, es bereits bis zum Kindergarten geschafft zu haben. Jahrzehnte lang änderte sich nichts daran und ich glitt überraschend in ein unbegreifliches Abenteuer.

In unserer Wohngemeinschaft sind alle rührend um mich besorgt. Langsam öffnet sich die Tür und ich werde mit leiser Stimme gefragt: „He, geht es dir schon besser?“ Ich habe kaum Kraft zu antworten. Minuten später werden mir eine Kanne Tee, eine leichte Mahlzeit und eine Tablette ans Bett gereicht. „Nimm diese Tablette, damit das Fieber verschwindet. Die hilft bestimmt.“ Ich richte mich auf und erfülle diese Bitte. Die Tür schließt sich und ich vernehme besorgte Stimmen.

Eine Stimme ist deutlich zu hören: „Er wird wieder, macht euch keine Sorgen. Es ist nur eine Grippe. Kennt ihr meine Geschichte? In Afrika bekam ich Malaria. Bewusstlos fiel ich zu Boden. Dorfbewohner fanden mich, und bei ihnen verbrachte ich ein Vierteljahr.“ „Höre endlich auf damit, diese Geschichte kennen wir bereits. Und was hat es damit zu tun? Lass uns lieber überlegen, was mit Uwe geschehen soll. Ich glaube, es geht ihm nicht gut. Wenn es schlimmer wird, bringen wir ihn morgen zum Arzt. Heute Abend bleibe ich bei ihm“, ich erkenne die Stimme von Tom. „Ihr könnt ruhig ohne mich nach Alabama fahren. Somit finde ich etwas Zeit und Ruhe und kann an meinem Modell weiterarbeiten – dem nachgestellten afrikanischen Dorf, wo ich mal lebte und meine Malaria kurierte. Viel Spaß und grüßt die Band und die Bardamen von mir."

Am nächsten Tag schlafe ich sehr lange. Erst als Heda mein Zimmer betritt, wache ich auf. „Na, wie geht es uns heute? Hast du noch Fieber? Möchtest du eine Kleinigkeit zu dir nehmen?"

„Ich fühle mich schon besser und mein Magen knurrt."

„Na hört, das ist ja prima. Gerade eben hat die Werkstatt angerufen. Die Servolenkung für deinen Bus ist angekommen. Sie fragen, ob du morgen um neun Uhr dort sein kannst. Etwas später melden sie sich noch einmal. Was soll ich ihnen dann ausrichten? Dass du krank bist und einen anderen Termin benötigst? Morgen wirst du noch nicht gesund sein. Na ja, falls es nicht geht, wirst du noch eine Weile warten müssen, um einen neuen zu bekommen. Morgen hätten sie dafür Zeit gehabt. Sie werden sicherlich bald anrufen."

Ohne lange zu überlegen, antworte ich: „Sage ihnen bitte, dass ich da sein werde."

„Meinst du das im Ernst? Wird es denn gehen? Du weißt, der lange Anfahrtsweg und dann die Wartezeit."

„Ich warte jetzt schon seit sieben Wochen darauf, dass das Auto in Ordnung gebracht wird. Ich muss die Angelegenheit zu Ende bringen. Das ist es mir wert. Anschließend, wenn ich zurück bin, kann ich ausruhen."

„Du hast Recht, Uwe, es wird schon irgendwie gehen, und dann legst du dich ins Bett. Tom hat keine Zeit, sonst hätte er das übernommen."

„Das macht doch nichts. Es wird nicht so schlimm werden."

Zögernd und nachdenklich verlässt Heda den Raum. Gar nicht lange danach läutet das Telefon. Ein kurzes Gespräch und die Tür öffnet sich erneut. „Alles klar", sagt sie, „du kannst morgen fahren. Um neun wirst du erwartet." „Danke noch mal." „Wofür denn?"

Wunderschön sieht sie aus, mit ihrem bunten Kleid, den etwas verschlafen blickenden braunen Augen und dem langen schwarzen Haar. Welcher Abstammung ist sie? Brasilien, Spanien oder Indien? Ich habe sie nie danach gefragt. Sie hat ein unbeschreiblich schönes Wesen und gefällt mir.

Zufrieden lege ich mich zur Seite und schlafe ein.

Am nächsten Tag erwache ich früh und fahre zur Werkstatt.

Noch ist wenig Verkehr auf der Piste, aber die Sonne spiegelt sich bereits im Meer. Einige Wolken stehen am Himmel und werden prachtvoll von der aufgehenden Sonne angeleuchtet. Ein warmer Sommerwind, gefüllt mit frischer Meeresluft, dringt durch das geöffnete Fenster. Ich atme tief durch und bin froh, dass die Reparatur nach langer Wartezeit durchgeführt wird.

In der Werkstatt erklärt man mir, dass ich das Auto in drei oder vier Tagen abholen kann. Damit bin ich nicht einverstanden, da ich annahm, es würde am heutigen Tag fertig werden. Nach langem Überreden gibt der Werkstattmeister nach und meint, bis zum Abend könnte das Auto repariert sein. Gegen sechs Uhr, kurz vor Feierabend, soll ich vorbeischauen. Damit bin ich zufrieden und gehe. Der Tag ist noch jung. Bis zum Abend ist viel Zeit, und ich beschließe, in Ruhe eine Kleinigkeit zu frühstücken. Der Kaffee und das Essen bekommen mir nicht und mir wird schlecht. Die grellen Laute in der Bar sind unerträglich. Ich verlasse das Lokal. Vor mir liegt eine lange und schmale Gasse. Sie ist menschenleer. Nur ein paar kleine magere Hunde laufen aufgeregt hin und her und bellen mich gelegentlich von der Seite an. Lange Zeit weichen sie nicht von mir. Bis ich ebenfalls zu bellen beginne, gemischt mit einem Wolfsgeheul. Das macht das Spektakel perfekt.

Der Abend ist weit entfernt und mein Zustand schlecht. Die alten Häuser, an denen ich vorbeiziehe, riechen vermodert, vergleichbar mit verrottetem, faulendem Holz. Meine Glieder schmerzen und ich stehe kurz davor, mich zu übergeben. In der nächsten Gasse biege ich ab und gelange an eine breite Straße. Dort befindet sich eine weitere Bar und ich bestelle mir ein Glas Wasser. Auch jetzt spüre ich Unbehagen. Mein Wunsch ist es, die Augen zu schließen und einzuschlafen. Ich mache mich wieder auf den Weg, um einen ruhigen Platz zu finden.

Die Straße, die ich entlanglaufe, führt auf einen Berg hinauf. Weit oben wächst Gras und dort stehen auch einige Bäume. Ich hoffe, dass ich einen Platz finde, an dem ich ruhen kann. Der Weg erscheint endlos und die Sonne brennt heftig. Auf der gegenüberliegenden Straßenseite sehe ich einen Trampelpfad. Den werde ich nehmen, beschließe ich. Der Anstieg ist Kraft raubend. Ich drehe mich um und erblicke das Meer. Eine berauschende Aussicht, und ich gehe bis zum Gipfel des Berges, setze mich und blicke in die Weite. Innerlich bin ich verzweifelt. Was mache ich überhaupt hier? Der Versuch, eine Sportagentur für Seekajak zu gründen, zieht sich endlos in die Länge und meine Nerven sind erschöpft. Viele halten das für verrückt, weil sie sich nicht vorstellen können, mit einem Kajak auf dem Atlantischen Ozean zu paddeln.

Das Klima, das Essen, die Landschaft in den Bergen, Wellen zum Surfen, befahrbare und traumhafte Strecken zum Seekajakfahren, alles ist vorhanden. Mit diesen Gedanken lege ich mich hin und schlafe ein.

Die Sonne strahlt mir ins Gesicht. Ich muss längere Zeit geschlafen haben, da die Schattenseite gewechselt hat. Wie spät mag es sein? Seit Jahren trage ich keine Uhr. Ich lege mich auf den Rücken und schaue in den Himmel. Einige Wolken ziehen vorbei. Im Süden hat es zwei Jahre nicht mehr geregnet. Ob sie mein Auto fertig bekommen? Und wenn nicht, was mache ich dann?

Nach kurzer Zeit richte ich mich behutsam auf. Das Meer funkelt endlos bis zum Horizont. Ein merkwürdiges Gefühl durchfährt mich. Sekundenlang sitze ich wie versteinert da, regungslos und ohne zu atmen. Ist das Meer nicht einzigartig! Alles um mich herum scheint zu schwinden. Mein Blick ist gefesselt und ich spüre eine unsichtbare Verbindung zwischen dem Meer und mir. Als würde ein seichter Weg zum Wasser führen. Wohlbehagen ergreift mich und meine Augen leuchten vor Begeisterung. Was ist los? Was ist geschehen? Ein Glücksgefühl durchdringt mich, als wäre ich von allen Sorgen und

Ängsten befreit. Ich muss aufstehen, um festzustellen, dass ich nicht mehr schlafe. Dann setze ich mich wieder. Im gleichen Moment überfällt mich ein wahnsinniger Gedanke: Morgen paddle ich mit meinem Seekajak um die Insel. Sofort folgen die Zweifel: Wie soll das gehen? Ich war krank, und im Februar ist ein solches Vorhaben viel zu gefährlich. Wieso komme ich überhaupt darauf?

Ich versuche meine Gedanken zu ordnen. Ohne Erfolg. Es ist beschlossene Sache. Und in diesem Augenblick weiß ich bereits, dass dieser Gedanke wahr wird.

Direkt vor der Werkstatt sehe ich mein Auto entlangfahren. Sicherlich eine Probefahrt. Nach fünf Minuten Warten kehrt der Mechaniker zurück. „Alles in Ordnung", sagt er, „hübsches Fahrzeug." Genau so ist es, und ich bin voller Freude.

Zufrieden trete ich den Rückweg an, drehe das Radio auf und kann es kaum erwarten, zu meinen Freunden zurückzukehren. Langsam wird es dunkel, und ein letzter Blick fällt auf das Meer. Was sage ich meinen Mitbewohnern? Die werden sicherlich denken, ich drehe durch.

Schon vor der Eingangstür höre ich ein lautes Lachen. Ich trete ins Wohnzimmer ein. „He, grüß dich, alles gut gelaufen?" „Ja, mein Auto ist repariert." „Wir haben Besuch bekommen, ganz überraschend, sie bleiben ein paar Tage bei uns", sagt Heda, „später wollen wir etwas gutes essen. Wir sind eingeladen."

Ich habe Heda lange nicht so gelöst gesehen. Sie ist sichtbar glücklich über den Besuch des jungen Pärchens, das sie eine Ewigkeit nicht mehr gesehen hat.

Dieser Glanz in ihren Augen, auch das ist Heda. Ich wusste aber nicht, dass sie so witzig sein kann. Die kleine Heda mit ihrem verschämten Blick, ihren langen schwarzen Locken, weichen Bewegungen und ihrer natürliche Art. Oft ist sie der Anlass dafür, dass ich in Atemnot gerate. Von dem ahnt sie nichts. Sie ist von einer Gelassen- und Einfachheit, die mich oft zum Staunen bringt. Immer nach der Arbeit räumt sie die Wohnung auf, geht für uns einkaufen, spült meine Paddelsachen, als wäre dies selbstverständlich. Manchmal spricht sie den ganzen Abend kein einziges Wort. Wenn man sie etwas fragt, bekommt man keine Antwort.

Es ist Abend, und wir sitzen im Lokal. Alle sind gut gelaunt. Heda haut eine Posse nach der anderen heraus. Das Lokal ist rustikal und besitzt ein besonderes Flair von kanarischer Gemütlichkeit. In der Ecke lodert ein winziges Feuer im Kamin, und viele Kerzen funkeln. Durch den Raum streift ein wohltuender Duft, gespeist von loderndem Holz und knisternden Kienäpfeln. Heda kennt dieses Lokal und möchte gern die Bestellungen für uns aufgeben. Wir sind damit einverstanden. Und wieder kommt ein Witz über ihre Lippen und wir lachen laut.

Der Kellner kommt und schenkt die Getränke aus. Als er mein Weinglas füllen will, gebe ich ihm zu verstehen, dass ich keinen Wein möchte. Etwas ratlos schaut der Kellner mich an, geht aber gelassen zum nächsten Gast weiter. „He, ein Glas kannst du ruhig trinken“, ruft Heda. „Der schadet dir nicht.“ Und ich antworte: „Ich weiß, aber morgen paddle ich um die Insel.“ Kurze Stille tritt ein. Niemand versteht so richtig, was ich damit meine. Ein flüchtiger Blick von Heda streift mich.

Unser Kellner hat dann noch einige Fragen zum Essen, und unsere Gespräche nehmen einen anderen Verlauf. Das Essen wird aufgetragen, und da alle mehr oder weniger mit sich selbst beschäftigt sind, fragt mich Tom, der lange Zeit in Afrika lebte, wann es denn morgen losgehen solle. „So gegen acht Uhr werde ich starten.“ „Uwe, es ist Februar, kein Mensch fährt zu dieser Jahreszeit um die Insel und überhaupt nicht mit einem Kajak. Vergiss die Sache und trink mit uns einen. Sei froh, dass es dir besser geht. Wir haben so viel Spaß miteinander gehabt und in Zukunft soll das auch so bleiben.“ „Du hast Recht, Tom, aber ich werde trotzdem morgen fahren.“ „Dann komme ich mit.“ „Nein, das geht nicht, Tom, die Stecke ist zu lang, und ich werde versuchen schnell zu sein.“ „O.k., das verstehe ich. Aber ein Glas Wein wirst du doch heute Abend mit uns trinken. Salute, Kajakfahrer."

Der Abend im Lokal verstreicht rasend schnell, und in dieser Geschwindigkeit fahren wir auch nach Hause.

Unseren Gästen sage ich, dass sie mein Zimmer bekommen können, da ich heute im Wohnzimmer schlafen und die nächsten Tage nicht da sein werde. Heda, mal wieder fürsorglich, kümmert sich um mein Bett. „Danke, Heda." „Uwe, soll ich dich morgen wecken?" „Ja, so gegen sieben Uhr. Kommst du morgen mit zum Strand?" „Natürlich. Ich nehme mir frei, und dann werden wir dich vom Land aus mit dem Auto begleiten. Wirklich. Was glaubst du denn?" „Schlaf gut, Heda." „Du auch."

„He Uwe, schläfst du schon?" „Nein, Tom. Jim kommt auch noch. Ich kann ja noch schnell ein Video einwerfen, solange bis er da ist." „Von mir aus. Wie heißt der Film?" „Rausch der Tiefe. Kennst du ihn? Nein? Umso besser." „Trinkst du noch etwas, Uwe?" „Nein." Und Jim ruft aus dem Vorraum: „Mach mir mal eine Flasche Bier auf, und Uwe soll auch was trinken. Am besten den ganzen Kasten, dann kommt er vielleicht auf andere Gedanken. Oh, geiler Film, geiler Film", meint Jim, „den kenne ich, den müssen wir uns unbedingt bis zum Ende ansehen. Dann ist Uwe morgen früh müde und paddelt nicht. Komm, trink ein Bier mit uns."

Um drei Uhr morgens liegen alle in ihren Betten. Kurz darauf steht Heda vor dem Kühlschrank und nimmt eine Flasche Wasser heraus. Eine Weile steht sie neben meinem Sofa und schaut mich an. „Uwe, ich weiß, dass du nicht schläfst, möchtest du ein Schluck Wasser?" „Sehr gern." „Warum paddelst du um die Insel?" „Ich kann es dir leider nicht sagen. Keine Ahnung, warum ich das tue." „Du, Uwe, ich habe dich heute Abend etwas beobachtet, was ist mit dir?" „Heda, wenn ich das wüsste, würde ich es dir nicht verheimlichen. Ich weiß es nicht." „Ist schon gut, es war nur eine Frage, und jetzt schlafe endlich."

Am selben Morgen sind alle früh wach. Tom fragt mich, ob ich wirklich starten will. Natürlich will ich. Im selben Augenblick dreht er sich um, geht wortlos zu einer Truhe und kramt hektisch in dieser herum. Zum Vorschein kommt ein Tauchermesser. „Hier, Uwe, das ist für dich. Vielleicht kannst du es gebrauchen." „Meinst du wirklich, Tom, was soll ich denn damit anfangen." „Bitte nimm es. Auf meinen Touren hat es mir Glück gebracht. Tu es für mich, bitte."

Heda ist dabei, meinen Proviant zusammenzustellen. Sie sieht müde aus. Ich frage Jim, ob er mir beim Verladen des Bootes behilflich sein kann. „Na klar, ich hole nur noch den Schlüssel für die Garage, dann geht es schon los." Hedas Bekannte sitzen unbeweglich und völlig steif auf dem Sofa und beobachten ganz aufmerksam unser Treiben. Nur ihre Köpfe bewegen sich.

Jim hilft mir beim Verladen und möchte gerne mit meinem Auto fahren und mich zum Strand begleiten. „Uwe, falls du ersäufst oder dich die Haie fressen, was wird dann aus deinem Auto?" „Falls das geschieht, gehört es dir, Jim. Die Autoschlüssel kannst du gleich behalten." Jim hält diese Aktion, mit dem Kajak um die Insel zu paddeln, für absolut bescheuert. Das ist mir klar. Er nahm nie ein Blatt vor den Mund und sprach das aus, was er dachte. Sein Leben läuft ausgesprochen kontrolliert ab. Schicksal oder Zufall sind für ihn Fremdworte. Er meidet erfolglose oder an Träume und Wünsche glaubende Menschen. Diesen Menschen kehrt er den Rücken, dennoch lebt er mit uns in einer Gemeinschaft und fühlt sich in unserer Gegenwart wohl.

Von unserer Wohnung bis zum Strand ist es nicht weit. Wir halten an, knoten das Boot los und legen es neben mein Auto. Jim fragt mich, ob ich noch etwas benötige, er wolle dann gleich wieder zur Wohnung zurück. „Du kannst fahren, Jim. Danke für deine Hilfe, ich sehe schon die anderen kommen." Jim fährt los und mein Begleitdienst trifft ein. Hedas Bekannter, der einen rasanten Fahrstil hat, sitzt am Steuer. Mit einer

Vollbremsung und einem längeren Bremsweg kommen sie rutschend zum Stehen. Eine Staubwolke wirbelt auf, in der ich fast verschwinde.

Als ich wieder klare Sicht habe, stehen alle vier nebeneinander vor mir. „Uwe, sag an, was können wir für dich tun?“ Ich kann mir das Lachen nicht mehr länger verkneifen. Es ist ein herrliches Bild, wie sie dastehen. Dann gebe ich Anweisungen, und es läuft alles wie am Schnürchen. Tom liegt auf der Erde im Staub. Er versucht mit seiner uralten Videokamera, im Vorfeld einige Actionaufnahmen in den Kasten zu bekommen. Heda reicht mir noch einige Sachen, die ich im Boot verstaue. Die Stimmung ist glänzend. Alle sind übermäßig aufgeregt. Gemeinsam tragen wir die Paddelsachen ans Meer. Das Meer ist leicht bewegt und der Wind mäßig.

Wie viel Zeit hatte ich an diesem Strand verbracht? An einigen Tagen standen gute Wellen. Dann nahm ich mein Wildwasserboot und surfte den ganzen Tag hindurch. Ich liebte es, mich in der wilden Gischt zu bewegen. Abends fiel ich dann vor Müdigkeit um und schlief auf dem Sofa ein.

Jeden Tag war ich mit dem Seekajak oder mit dem Wildwasserboot auf dem Meer. Vor meiner Grippe war ich gut in Form. Jim besuchte ich einmal im Fitnesscenter, wo er regelmäßig trainierte. Ich saß in der Ecke und schaute den Athleten zu. Jim legte sich neunzig Kilogramm zum Bankdrücken auf. Er schaffte zwei Wiederholungen. Dann kam ein Muskelprotz, und mit lautem Stöhnen und Schreien gelangen ihm fünf Wiederholungen. Ein Mädchen stand auf dem Laufband, und wir beide amüsierten uns über diese Vorstellung. Jim bemerkte das und forderte mich sogleich auf, es auch einmal zu versuchen. „Jim, ich habe mich nicht aufgewärmt und trage keine Sportsachen.“ Das Mädchen schaute zu mir herüber. Im Raum war es so warm, dass man vom Nichtstun schon schwitzte. Ich stand auf und lief zur Hantelstange. Nach fünfzehn Wiederholungen legte ich die Hantel ab und setzte mich wieder brav auf meinen Platz. Jim fragte mich, wie das möglich sei. „Na ja, ich bin jeden Tag auf dem Meer. Dort gibt es sechzig Prozent mehr Sauerstoffionen als auf dem Land und in der Natur … der Körper verbrennt ganz anders." Er schüttelte den Kopf und verschwand sofort im Umkleideraum.

Nun steige ich ins Boot und Heda streichelt mir über meine Wange. „Viel Glück!" Tom hält meine Schulter. „Du, Uwe, ich möchte dir noch etwas sagen. Es ist toll, was du vorhast. Ich wünschte, ich könnte mit dir fahren, aber in Wirklichkeit fehlt mir der Mut." „Tom, ich danke dir für diese Worte. Aber leider muss ich jetzt los, wir sehen uns später, und mach dir nicht so viele Gedanken. Also, bis dann."

Mein Blick richtet sich nach vorn und ich paddele los. Nach einigen Paddelschlägen drehe ich mich noch einmal um. Tom steht am Strand und schaut mir nach. Mit beiden Armen hebe ich kurz das Paddel und fahre dann weiter. Niemand weiß, was mich erwartet, auch ahne ich in diesem Moment nicht, dass ich vier Jahre später wieder ins Boot steigen werde, um die Strecke zu bewältigen. Niemand ahnt, dass Tom Jahre später eine neue Kajakbootsform entwickelt, selber produziert, doch keinen Markt findet, um seine Boote zu verkaufen. Jim verschwindet und nimmt sich eine eigene Wohnung. Ebenfalls Jahre später kaufen sich Heda und Tom ein kleines Haus in den Bergen und leben dort sehr zurückgezogen. Ich selbst steuere einem abenteuerlichen Leben entgegen, welches von Tag zu Tag extremer wird.

Mein Boot gleitet überhaupt nicht. Mir fehlt mein altes Paddelgefühl. Von der linken Seite kommen kurze Wellen über das Meer. Ein endloses Schaukeln beginnt. Kaum bin ich auf dem Wasser, treten die ersten Zweifel ein. Was soll das werden, wenn es so beginnt? Zum Umdrehen ist noch Zeit. Die linke Schultermuskulatur verhärtet sich, und ich spüre Schmerzen in den Armen. „Mein Gott, Jim hat Recht gehabt, ich bin bescheuert. Was werden die anderen sagen, wenn ich jetzt aufgebe?" In diesem Augenblick erinnere ich mich an einen Spruch einer guten Bekannten. Sie sagte einmal zu mir: „Was, du willst aufgeben? Nur Postkarten, Briefe und Pakete kann man aufgeben, selbst gibt man sich nicht auf, wo sollen denn die Postbeamten die Briefmarke hinkleben?“ Sie hatte Recht.

Die Schaukelei geht weiter, und ich hoffe, dass die Bedingungen sich bessern werden. Nach einiger Zeit ändert es sich. Die Wellen kommen jetzt von hinten, sind etwas länger. Dadurch gelingt es mir, die Paddelschläge wirkungsvoller anzusetzen, und das Boot gleitet zügig durchs Wasser. Wie weit werde ich heute kommen und wann sehe ich zum ersten Mal die Freunde wieder? Mein Befinden bessert sich. Ständig halte ich Ausschau nach Fischen. Diese Seite der Insel ist harmlos. Auf der anderen Seite wird sich das wahrscheinlich ändern. Ich paddle dichter an die Insel heran. Das Wasser an dieser Stelle neigt sich flacher. Glasklar ist es, und ich kann gut den Meeresgrund erkennen. An mir ziehen die Felsen aus Lavagestein vorbei und dort sehe ich fliegende Fische. Ein leichter Wellengang verursacht eine flache Brandung an den Felsen. Das Wasser schäumt weiß und fließt wieder ins Meer zurück. Einige Möwen fliegen durch die Luft, landen auf den Felsen und starten erneut. Ab und zu plätschert das Wasser. Keine Ahnung, ob es von den Wellen herrührt oder von den Fischen, die vorbeiziehen. Das Wetter bemüht sich, traumhaft zu bleiben. Wolkenloser Himmel und strahlender Sonnenschein. Eine winzige Verschnaufpause, die ich gleich nutze, um etwas Wasser zu trinken. Dabei spüre ich die ersten Kilometer in den Knochen. Die Fahrt geht weiter. Anfangs fällt es mir schwer, einen guten Rhythmus zu finden. Dann wird es flotter. Ich paddle an einem hohen Felsen vorbei. Das Wasser ist an dieser Stelle tief. Spiegelglatt zeigt sich das Meer, die Farbe dunkelblau. Kaum weht ein Wind. Die Hitze macht mir zu schaffen. Schweiß rinnt in meine Augen, und sie beginnen zu brennen. Auf meinem T-Shirt haben sich unendlich viele Salzkristalle abgelagert, und ich sehe aus wie eine spanische Pellkartoffel.

Hinter diesem Felsvorsprung liegen Los Cristianos und Las Amerikas. Ich paddle am Felsen vorbei und erblicke diese beiden pompösen Urlaubsorte. Zwanzig Kilometer sind geschafft.

Von Weitem erkenne ich die Fähre, die gerade den Hafen verlässt, um nach La Gomera zu fahren. Dann komme ich an einem großen Segelboot vorbei, das ankert. Die Leute auf dem Schiff schauen zu mir herüber und winken mir begeistert zu, ich erwidere ihren Gruß. So ruhig habe ich das Meer lange nicht mehr erlebt. Vielleicht stehen Tom, Heda und ihre Freunde auf der Mole vor der Hafeneinfahrt. Das wäre toll.

Die Hitze nimmt stark zu. Der Schweiß drückt sich aus allen Poren. In den letzten Tagen wurden bis zu vierzig Grad Celsius im Süden der Insel gemessen. Werde ich es heute bis Los Gigantes schaffen? Von El Medano nach Los Gigantes beträgt der Wasserweg etwa sechzig Kilometer. Wenn alles gut läuft, könnte ich die Strecke bewältigen.

Nun erreiche ich Los Cristianos. Ich schaue nach rechts, zur Uferseite, ob ich meine Begleiter erblicke. Niemand ist zu sehen. Wo stecken sie nur? Ganz fest hatte ich damit gerechnet, dass ich sie an dieser Stelle das erste Mal sehen werde. Sie werden schon auftauchen, denke ich mir, und die Freude wird umso größer sein.

Endlos zieht sich die Strecke an diesen beiden Städten entlang. Auf der Landseite sind wieder schön geformte Felsen und zahlreiche Buchten zu sehen. Meeresseitig erkennt man die Insel La Gomera. Sie ist ungefähr fünfunddreißig Kilometer von Tenerife entfernt. Zwischen den beiden Inseln soll die Wassertiefe achttausend Meter betragen. Das ist unvorstellbar, wenn man bedenkt, dass der höchste Punkt der Insel 3716 Meter misst. Welche Naturgewalten müssen hier einst gewirkt haben! Über die Ureinwohner von Tenerife, die Guanchen, gibt es mehrere Thesen, woher sie ursprünglich kamen. Beweise dafür aber gibt es kaum.

Das Wetter und das Meer zeigen sich von der besten Seite. Dass es so einfach verläuft, habe ich mir nicht vorgestellt. Mein Hintern schläft ein und mein linkes Handgelenk schmerzt ein wenig, ist aber kaum der Rede wert. Nur meine Hände sind relativ stark durch das Salzwasser aufgeweicht, und die Haut löst sich langsam von den Handinnenflächen.

Überall am Ufer stehen Angler. Kleine Boote fahren an mir vorbei. Alle grüßen recht freundlich, und ich nicke ihnen zu.

Und dann. Ich höre ein lautes Schreien und Kreischen. Sind sie es? Ja. Am Ufer erblicke ich vier Hampelmänner. Es können nur sie sein. Ich schwenke mein Paddel, und die springenden Gestalten sind völlig außer sich. Haben sie mich doch entdeckt, welche Freude! Zufrieden und zuversichtlich paddele ich weiter. Dann sehe ich noch, wie sie ins Auto steigen und mit Vollgas die Straße entlang rasen. Minuten später sehe ich sie dann wieder jubeln und auf der Straße herumhüpfen. Innerlich gelange ich dadurch zu mehr Kraft und mein Tempo erhöht sich automatisch um einiges.

„Ganz ruhig bleiben", denke ich mir, „und spar deine Kraft." Ich darf mich auf keinen Fall übernehmen. Mit ruhigen Paddelschlägen bewege ich mein Boot weiter und hoffe, dass ich es bis Los Gigantes schaffe. Von dort aus könnte ich morgen weiterfahren.

Mal sehen, erst einmal ankommen, der Weg ist noch weit.

Durch das lange Sitzen spüre ich meinen Hintern kaum noch. Um mich abzulenken, beginne ich zu rechnen.

In der Minute mache ich etwa 65–70 Paddelschläge. Das sind rund 4000 in der Stunde. Bei sieben Stunden wären es 28 000. Der Krafteinsatz pro Schlag beträgt ca. 150 Newton. 28 000 mal 150 Newton wären 4 200 000. Also bewege ich heute 420 Tonnen durch meine Zugkraft. Das muss ich am Abend noch einmal nachrechnen.

In Wirklichkeit ist diese Rechnung belanglos für mich. Respektvoll begegne ich dem Meer, welches in meinen Augen ein Lebewesen ist. Es denkt und fühlt. Warum ich dieses behaupte? Ich kann es mit Worten nicht erklären.

Dankbar darüber, dass alles glatt verläuft, verspüre ich den Wunsch, endlich anzukommen.

Mit überwältigenden Eindrücken behaftet, werde ich beim weiteren Verlauf meiner Reise auf dem Meer Zufällen begegnen, die ich nie jemandem anvertrauen werde. Viel Zeit werde ich auf dem Element Wasser verbringen und hart auf die Probe gestellt werden.

Mein ganzes Leben verbrachte ich am oder auf dem Wasser. Spöttisch wurde ich von vielen meiner Freunde oft gefragt, ob mir nicht schon Schwimmhäute gewachsen seien. Ich schaute nach und sagte: „Nein." In einem Schwimmbad spielten wir Kampfball. Auf die Regeln möchte ich nicht weiter eingehen, es gab keine. Niemand konnte mich festhalten, meine Haut war scheinbar glatt. Dann wurde gesagt: „Einschmieren zählt nicht …" Darüber war ich verwundert, weil ich mich nicht eingeschmiert hatte. Aber als ich aus dem Wasser stieg, bemerkte ich, wie die Wassertropfen an mir abperlten. Darüber habe ich nie weiter nachgedacht.

Mein Blick ist auf die Bootsspitze gerichtet. Beim Paddeln döse ich schon ein wenig. Stupide ziehe ich meine Bahn. Es wird Zeit, dass ich ankomme. Mal hören, was die anderen erzählen. Ich hoffe nur, dass sie einen schönen Tag erlebt haben.

Mittlerweile kommt mir alles sinnlos vor. Vielleicht die ersten Anzeichen von Erschöpfung. Dann sehe ich die Felsen von Los Gigantes. Oh nein, das ist ja noch eine Ewigkeit bis dort hin. Am liebsten möchte ich aus dem Boot steigen. Nun ja, es geht nicht anders, ich muss durchhalten.

Die Felsen wollen einfach nicht näher kommen. Es ist so, als würde ich auf der Stelle stehen.

Dann sehe ich ausgelegte Bojen mit befestigten Fischernetzen. Rasch bin ich an ihnen vorbei und erkenne, dass meine Geschwindigkeit zügig ist. Anschließend halte ich an und greife zur Wasserflasche. In hastigen Zügen trinke ich, bis mein Durst gestillt ist. Gegessen habe ich die ganze Fahrt über nicht.

Nach langer Zeit erreiche ich den Hafen von Los Gigantes. Gleich neben dem Hafen liegt ein Badestrand, den ich auf direktem Wege ansteuere. Nur schnell raus aus dem Boot, mein Hintern ist seit einiger Zeit abgestorben. Und die Beingelenke scheinen eingerostet zu sein. Ach so, wo sind die Freunde? An sie habe ich überhaupt nicht mehr gedacht. Niemand ist zu sehen. Ich lege mich auf den Rücken und strecke alle Glieder von mir. Meinem Hintern geht es immer noch nicht besser. Hoffentlich wird er wieder, ich mache mir bereits große Sorgen.

Und dann halte ich erneut Ausschau. Wo stecken sie nur? Ein paar Minuten ruhe ich aus, und dann laufe ich zum Hafen vor und sinke in den Sand. Mit geschlossenen Augen liege ich am Strand, höre spielende Kinder und wie sich die Wellen am Ufer überschlagen.

Einige Stimmen, die mir bekannt erscheinen, kommen näher. Ich richte mich auf und wende meinen Kopf. Da sind sie ja. Sie stapfen durch den Sand. Alle beginnen gleichzeitig zu reden. Dass sie mich ein paar Mal ganz knapp verpasst haben und Leute fragten, die am Wasser standen, ob hier ein Kajakfahrer vorbeikam. Einige sagten: „Ja“, und andere, „wir haben nichts gesehen.“ „Aufregend war es trotzdem, und wir haben gestaunt, wie schnell du warst. Möchtest du etwas trinken, Uwe? Und hast du schon gegessen?“ Dann werden Fotos geschossen.

Hedas Bekannter unterbreitet den Vorschlag, dass wir gemeinsam nach Medano fahren und er mich morgen früh wieder nach Los Gigantes bringt. Das hat den Vorteil, dass wir heute Abend gemeinsam noch etwas unternehmen können und ich mir keine Unterkunft suchen muss. Ich überlege kurz und sage dann: „So machen wir es. Danke, das ist nett.“ „Keine Ursache, Kajakfahrer. Wir fanden es ganz toll heute. Wo lassen wir das Boot? Wir könnten im Hafen fragen. Also, gehen wir.“

Im Hafen laufen wir über einen Bootssteg. Ganz am Ende des Steges arbeitet ein Mann an seinem Boot. Wir laufen ihm entgegen. Tom sagt: „Hallo“, und der Mann erwidert unseren Gruß. „Wir hätten eine Frage.“ „Um was geht es?“ „Wir suchen einen Platz, wo wir bis morgen früh ein Kajak unterstellen können.“ Er überlegt, aber leider fällt ihm keine Lösung ein. Tom erzählt weiter, dass ich von Medano her gepaddelt bin und dass es morgen von hieraus dann weitergehen soll. „Was, von Medano bis hierher, in wie vielen Tagen? Und wohin soll es weitergehen?" Tom erklärt ihm, dass ich den Versuch starte, mit dem Kajak die gesamte Insel zu umpaddeln. „Wie, mit dem Kajak um die Insel, zu dieser Jahreszeit? Wie kommt man auf so eine Idee? Das ist doch völlig bescheuert." „Ja, das wissen wir." Er steigt aus seinem Boot und begrüßt uns nochmals. Tom stellt uns vor. „Und wohin geht es morgen?" „Ziel ist Puerto de la Cruz." Er lacht, bemerkt aber, dass wir es ernst meinen. Er geht noch einmal auf sein Boot zurück und kommt mit einer Seekarte, die er aufschlägt, wieder. „Seht her", er zeigt mit einem Finger auf Punta de Teno, „da kommt niemand durch. Entweder bläst ein starker Wind oder die Wellen sind riesengroß. Und außerdem gibt es dort sehr, sehr viele Fische. Ich selber bin Taucher, kenne das Meer und würde es nicht zu dieser Jahreszeit wagen, mit meinem Boot dorthin zu fahren. Sonst hätte ich dich gern ein Stück begleitet. Was ich dir anbieten kann, ist, dass du bis morgen dein Boot auf meines legen kannst. Dort liegt es sicher. Glaub mir, die Sache, die du vor hast, ist wunderbar, aber viel zu riskant. Fahrt nach Hause und vergesst die Sache." „Vielen Dank für alles, ich werde es trotzdem versuchen." Er schaut mich längere Zeit an und gibt mir dann seine Telefonnummer. „Melde dich und sag mir Bescheid, wie es ausgegangen ist." „Wenn ich es überlebe, mache ich das. Wir holen das Boot – bis gleich." „Ich werde dann weg sein, ihr kommt auch allein zurecht."

Wir verlassen die Steganlage und niemand spricht ein Wort. Gemeinsam laufen wir zum Strand zurück. Nach langem Schweigen sage ich dann: „Ich fahre das Boot nur schnell weg, legt euch in die Sonne, ich komme dann wieder."

Auf dem Rückweg begegne ich meinen treuen Begleitern. Heda meint, dass sie im Auto frische Sachen für mich habe, und so gehen wir zum Auto.

Frisch umgezogen, sitzen wir im Auto und nehmen Kurs auf Medano. „Uwe, das war heute eine starke Leistung, weißt du schon, wie es weitergeht?", fragt mich Hedas Bekannter. „Keine Ahnung", sage ich. Das Gespräch auf dem Steg war entmutigend. Eine klare Antwort kann ich nicht geben. Was soll ich auch sagen? – Dass ich im Begriff bin, mich abschrecken zu lassen? Heda schaut mich an. Zusammengepresst sitzen wir zu dritt auf dem Rücksitz. Unsere Haare wehen im Wind. Hedas Bekannter versucht, aus dem Cabrio alles herauszuholen, und die Reifen quietschen in jeder Kurve.

Dann legt sich die Nachdenklichkeit. Wir plaudern miteinander, albern und Tom singt ein Lied, das so unmusikalisch klingt, dass wir einen Lachkrampf bekommen und uns vor Freude mit den Händen auf die Schenkel klopfen. Tom singt aber weiter und unser Lachen wird lauter. Heda und ihrer Freundin laufen die Tränen. Von da ab ist es mit uns völlig aus. Jeder redet nur noch wirres Zeug, und wir schlagen vor, dass Tom viel öfter singen sollte.

Der Abend verläuft stimmungsvoll und lustig. Alle haben viel zu erzählen. Die Themen wechseln ständig. Voller guter Dinge und zufrieden mit dem heutigen Tag, beenden wir erst spät den Abend.

Am nächsten Morgen bin ich als Erster wach. In meiner Bauchgegend kreist ein ungutes Gefühl. Mit einem Glas Wasser stehe ich am Fenster und blicke hinaus. Es wird langsam hell und der Himmel ist mit dunklen Wolken bedeckt. Was erwartet mich heute und wie werde ich mich entscheiden? Nach Los Gigantes müssen wir. Es wurde ausgemacht, dass das Boot nur bis heute dort liegen kann. Ich werde die anderen wecken.

„Aufstehen, ein neuer Tag beginnt. Die Sonne scheint schon. Kommt, Kinder, es wird ein herrlicher Tag. Nicht vergessen, die Zähne zu putzen. Die Milch läuft bald über." „Wie spät ist es denn?" „Das weiß ich nicht, jedenfalls Zeit zum Aufstehen."

Vorsichtshalber lege ich sämtliche Sachen zusammen, die ich vielleicht in den nächsten Tagen gebrauchen könnte.

Als Erster betritt Tom den Raum. „Morgen, Uwe, hast du gut geschlafen?" „Ja, und du, Tom?" „Auch nicht anders wie sonst." „Na, das hört sich doch gut an. Die anderen werden auch bald kommen." „Uwe, du bist gestern auf dem Sofa eingeschlafen, wir haben dann noch kurz besprochen, dass Heda und ich erst am Nachmittag arbeiten gehen. Wir wollen noch mal nach Los Gigantes mitfahren, da wir annehmen, dass deine weiteren Entscheidungen dort fallen werden." „Wunderbar, Tom. Dann lasst uns losfahren, und wir frühstücken dort."

Dicht am Hafen befinden sich einige Cafés. Wir suchen uns eines aus und wählen einen Fensterplatz. Das Frühstück ist nett hergerichtet, und es schmeckt ausgezeichnet. Heute Morgen stört es noch nicht, aber mein linkes Handgelenk beginnt zu schmerzen.

„Uwe, wie hast du dich entschieden?" „Ich werde fahren. Muss nur noch mal in die Apotheke, eine Bandage kaufen. Ich kann mein Handgelenk nicht richtig bewegen." Kaum ausgesprochen, macht sich Heda schon auf den Weg. „Falls das Meer zu heftig wird, drehe ich um. Entschuldigt mich bitte, ich gehe schon mal zum Boot und lade die Sachen ein." „Warte noch, wir kommen mit." „Bleibt noch etwas hier. Ich brauche vor der Abfahrt einige Minuten für mich." „Alles klar, das verstehen wir. Wir kommen dann nach."

Entschlossen zu fahren, ordne ich meine Sachen. Ich atme schwer. Bedrücktheit liegt mir auf der Seele. Mein Boot und ich sind startbereit.

Mit schnellen Schritten läuft Heda auf mich zu. „Probiere mal, ob die Bandagen passen." Ich lege mir gleich beide um. Wie angegossen, wundervoll. „Was schulde ich dir, Heda?" „Hör auf damit, das können wir später regeln."

Auch die anderen betreten jetzt den Steg. Tom hilft mir, das Boot ins Wasser zu schieben. Ich verschließe mein Kajak mit dem Spritzdeck. Ein letzter Blick zum Steg. „He, gute Fahrt, pass gut auf dich auf und drehe um, wenn es zu schwer wird!" „Ja, ja, mache ich."

Ich verlasse den Hafen. Kein Boot ist auf dem Meer zu sehen. Rechts von mir ragen die fünfhundert Meter hohen Felsen von Los Gigantes empor. Ihr Anblick wird mich zirka zwölf Kilometer lang begleiten.

Das Meer ist sichtlich bewegt. Die Wellen sind zwar flach und langgezogen, aber ich bemerke, wie das Wasser mein Boot unruhig hin und her trägt. Der Himmel erscheint noch immer bedeckt und die Felsen schauen dunkel und mystisch aus. Auch die Farbe des Wassers schimmert in bräunlichem Ton. Das habe ich anders in der Erinnerung. Sonst leuchten die Felsen in beeindruckenden Konturen und das Meer ist blau bis türkisgrün. Dumpfe Schläge donnern gegen die zum Teil ausgespülten Felswände. Vor Schreck mache ich halt und richte meinen Blick zur Felswand. Einsam und verlassen ist es hier. Außer den Donnergeräuschen ist es still. Kein Wind geht. Ich setze die Fahrt beunruhigt fort. Um einiges mehr spüre ich, wie mein Boot mal in diese Richtung und mal in die andere gezogen wird. Als würde es hin und her schwanken. Vergleichbar mit einer Quietschente in der Badewanne: Wenn ich mich hin und her bewege, bewegt sich diese mit.

Vielleicht noch einen Kilometer bis Punta del Teno. Die Ureinwohner, die Guanchen, haben fest daran geglaubt, dass an dieser Stelle die Welt zu Ende sei, obwohl die Insel La Gomera in Sichtweite lag. Sie bauten auch keine Schiffe, um die Insel zu verlassen. Genügend Holz gab es zwar dafür. Aber das ist eine ganz andere Geschichte.

Ich befinde mich fünfhundert Meter vom Land entfernt. Punta del Teno rückt näher, und die Spannung steigt. Ich beschließe dichter ans Land zu fahren, um in eine Bucht zu gelangen, bevor ich um die Inselspitze steuere. Von dort aus möchte ich mich auf den Weg machen, um die andere Seite zu besichtigen und dann zu entscheiden, ob ich die Tour weiter fortsetzen werde.

Was ist das? Es beginnt eine Berg- und Talfahrt. Plötzlich werden die Wellen höher. So, als würde ich auf einem Fluss paddeln. Eine starke Strömung, die genau aufs Meer hinausführt, verhindert, dass ich ans Ufer gelange. Ich schaue nach allen Seiten und befinde mich inmitten meterhoher Wellen, die direkt aufs Meer hinauslaufen. Auf einem Wellenberg stehend, erkenne ich einen dunklen Streifen, der sich weit aufs Meer erstreckt. Mein Blick führt nach rechts und ich sehe, wie das Ufer an mir rasend vorbeizieht. In der Nähe des Leuchtturms stehen Menschen auf einem Felsen. Wenn sich jetzt eine der Wellen überschlägt, ist es aus mit mir. Sie könnte mich aus meinem Boot reißen, oder die Wassermassen würden mich erbarmungslos erdrücken. Zurück schaffe ich es nicht mehr, dafür ist die Strömung zu stark. Aufmerksam beobachte ich das bedrohliche Wasser. Mich darf es nicht mehr weiter hinaustreiben, ich muss um die Inselspitze kommen.

Meine Schläge werden härter und kräftiger, und ich paddle um mein Leben. Auf der anderen Seite der Spitze sieht es nicht besser aus. Das Wasser ist heftig bewegt. Mit hoher Geschwindigkeit prallt es gigantisch gegen die Felsen und verursacht eine Fontäne von sechs bis acht Metern Höhe. Was mache ich nur, ich kann nicht zurück, und vor mir und um mich herum tobt das Meer. So weit das Auge reicht, nur tosende Gischt. Es besteht keine Aussicht, ans Ufer zu gelangen. Das Wasser und die Lavafelsen würden mich erdrücken oder zermalmen. Mir bleibt nur noch eine Hoffnung – paddeln.

Alles erscheint wie ein Albtraum, ich bin in einer verzweifelten Lage. Gefangen auf dem Meer. Wie liegen meine Chancen, dieses zu überstehen? Wird das Meer sich beruhigen oder wird es weiter toben? Magisch hat es mich angezogen, als würde es rufen. Ich bin seinem Ruf gefolgt, aber nicht aus Abenteuerlust, sondern um das Meer kennen zu lernen und Freundschaft mit ihm zu schließen. Nun gibt es mir die Gelegenheit herauszufinden – ist es mein Freund oder mein Feind?

Meine Paddelschläge sind hart und kräftig. Kilometer um Kilometer arbeite ich mich vorwärts. Der Himmel leuchtet hell und keine Wolke ist zu sehen. Das Meer spiegelt dieses Leuchten strahlend blau zurück. Die Wasserfontänen am Ufer schleudern kleine Wasserkristalle durch die Luft, in denen sich Sonnenstrahlen brechen und sie in funkelnde Edelsteine verwandeln. Ich bin von der Schönheit der Natur, die ich erlebe, tief überwältigt. Etwas vergleichbar Schönes habe ich noch nie gesehen. In mir breitet sich ein unbeschreibliches Hochgefühl aus. Ein Gemisch von Verzweiflung und Freude, Tränen stürzen mir aus den Augen. Auch wenn ich heute ertrinke – das erlebt zu haben – dafür diesen Preis zu zahlen, bin ich bereit.

Die Wellenstruktur ändert sich. Aus diesem hin und her fließenden, wütenden Wasser laufen nun haushohe Meereswellen dem Ufer entgegen. In Ufernähe brechen dann die Tonnen schweren Wassermassen in sich zusammen. Nun komme ich an hundert Meter hohen Felswänden vorbei.

An dieser Stelle bewiesen die Guanchen ihren Mut, indem sie die Felsen herunterkletterten. Viele von ihnen stürzten dabei ins Meer.

Vor mir türmen sich haushohe Wellen, die sich schäumend überschlagen. Ich muss meinen Kurs ändern und mein Kajak weiter hinaus auf das Meer steuern. Dann erblicke ich den nächsten Ort – Garachico. Über diesen Ort erzählt man sich eine Legende:

Vor dreihundert Jahren soll es hier einen hohen Priester gegeben haben, der auch die Adelsfamilien in den verschiedensten Angelegenheiten beriet. Seine Macht soll er auch für Intrigen genutzt haben. Als die Adelsfamilien hinter sein intrigantes Tun kamen, forderten sie ihn auf, Garachico für immer zu verlassen. Als er ging, belegte er diesen Ort mit einem Fluch. Kurz darauf brach der Vulkan Teide aus und verwüstete auch Garachico fast vollständig. Unsicher über ihre Entscheidung ließen die Bewohner, die sich retten konnten, den Priester zurückkehren.

Mein Mund ist trocken und meine Zunge klebt am Gaumen. Die Wasserflasche, die ich an meinem Boot befestigt hatte, wurde durch die Wellen weggerissen. Selbst wenn sie noch da wäre, könnte ich es niemals riskieren, zur Trinkflasche zu greifen und dabei mein Paddel loszulassen. Im Boot liegen zwar noch weitere Getränke, aber sie sind bei diesem Wellengang für mich unmöglich zu erreichen.

Die Sonne scheint erbarmungslos. Wenn ich in nächster Zeit nichts trinken kann, wird sich mein Körper aufheizen und meine Leistungsfähigkeit schnell abfallen. Die Anstrengungen bis zu diesem Moment haben schon meine Leistungsgrenze weit überschritten. Auch psychisch bin ich stark angeschlagen.

Einige Meter vor mir sehe ich etwas im Wasser. Ich kann nicht mehr ausweichen und fahre darauf zu. Ein dumpfer Aufprall erschreckt mich. Auch das noch, ich habe soeben einen Hai gerammt. Minutenlang traue ich mich nicht, einen weiteren Paddelschlag anzusetzen. Ist er noch in meiner Nähe? Wird er wiederkommen? Und wenn er dann nicht allein kommt? Ich muss weiter paddeln. Ich halte nach allen Richtungen Ausschau und paddle mit leichten Schlägen davon. Ich spreche zum Meer und flehe es an, mir beizustehen.

Fast bin ich in Garachico, vom Hai ist keine Spur zu sehen. Plötzlich wird das Wasser zahmer. Dichter paddle ich an einen Fischerhafen heran und schätze die Möglichkeit ab, an Land zu gehen. Ich könnte es wagen. Kaum zu glauben: einige Kilometer von hier tobt das Meer, und an dieser Stelle ist es so ruhig, dass ich anlegen kann.

Ich ziehe meine Spritzdecke vom Boot und fasse vorsichtig hinter meinen Rücken. Trotz des Schaukelns versuche ich, Balance zu halten und endlich nach einer Dose mit einem Getränk zu greifen. In einem Zug trinke ich sie leer. Jetzt beginnt der schwierige Teil: bei dieser Schaukelei die Spritzdecke wieder aufs Boot zu bekommen.

Im Lendenwirbelbereich peinigen mich unangenehme Verspannungen. Ich muss mich entscheiden. Fahre ich ans rettende Ufer, oder paddle ich weiter? Da ich etwas abergläubisch bin und die Geschichte mit dem Fluch des Priesters über diesen Ort kenne, setze ich meine Fahrt fort und paddle geradewegs zwischen Garachico und dem Roque de Garachico hindurch.

Das Wasser wird ein wenig unruhiger, und da ich im Glauben bin, dass alles so weiter verläuft, versuche ich zügig zu fahren. Gut komme ich voran. Nach längerer Paddelstrecke verändert sich das Meer. Die Wellen schlagen höher, und ich erkenne, dass sie weit draußen brechen. Eine Stimme meldet sich in mir: Gib auf und fahre zurück! Sich erneut in Gefahr zu begeben, ist die Sache nicht wert. Doch ich paddle weiter. Wenn es schlimmer wird, werde ich umdrehen. Magisch zieht es mich hinaus aufs Meer.

Die Brandungswellen sind riesig, das Meer stark bewegt. Wiederum überfällt mich ein ungutes Gefühl. Die Wellen rollen wie Dampfwalzen und die Paddelschläge werden schwerer. Ich rutsche mit meinem Hintern hin und her und weiß nicht mehr, in welcher Lage ich sitzen soll. Außerdem ist es unerträglich warm im Boot. Meine Beine schwitzen und jucken heftig. Durch die steilen Paddelschläge tropft ständig Wasser auf meinen Kopf. Alles nervt und macht mich noch unruhiger.

Und plötzlich erscheint der schneebedeckte Teide – majestätisch und wundervoll. Ein einzigartiges Bild: das schäumende Meer, die hohen Klippen, die zahlreichen Buchten, die Palmen, die Berge und im Hintergrund ein weiß bedeckter Gipfel. Dieser Anblick ist einfach unbeschreiblich. Welche Macht der Welt hat dieses Wunder der Natur entstehen lassen!

Im Rausch dieser Eindrücke bin ich fest entschlossen, bis Puerto de la Cruz zu fahren.

Viele Kilometer Meer trennen mich noch von dieser Stadt, und ich weiß nicht, ob ich es je bis dorthin schaffen werde.

Die Paddelschläge werden langsamer und träger. Zähflüssig zieht sich jeder einzelne Schlag durchs Wasser, als wäre mein Paddel an einem Gummizug befestigt. Meine Bauchmuskeln sind fest wie ein Stein und heftig zusammengezogen, dass ich nicht mehr aufrecht im Boot sitzen kann. Bei dem Versuch, gerade zu sitzen, schmerzt meine Rückenmuskulatur, und jeder Muskel im Rücken brennt. Im Boot wird es unerträglich. Meine Füße schlafen ein, meinen Hintern spüre ich schon lange nicht mehr. Durch das Hin- und Herrutschen, durch Schweiß und Salzwasser ist er völlig aufgescheuert. Ich habe das Gefühl, auf rohem Fleisch zu sitzen. Langsam kommt mir mein Vorhaben sinnlos vor. Das hilft nichts, ich muss durchhalten. Erbarmungslos brennt die Sonne. Die Wellen auf dem Meer sind stellenweise so hoch, dass ich nur noch Wasser sehe und die Insel verschwunden ist. Dann taucht sie auf und ist wieder fort.

Könnte das da hinten Puerto de la Cruz sein? Ich bin mir nicht sicher.

Nach einigen Kilometer sehe ich die Stadt etwas deutlicher. Einige Hochhäuser sind zu erkennen. Das kann nur Puerto sein. Mein Herz schlägt höher. Kräftemäßig werde ich es überstehen. Nur wie komme ich in den Hafen hinein? Ich hatte Puerto bei hohem Wellengang schon erlebt.

Ich beobachte, dass die Wellen weit vor der Hafeneinfahrt brechen. Das ist kein gutes Zeichen. Um weiterzupaddeln bin ich zu erschöpft. Ich könnte im Boot die Nacht abwarten. Aber was dann, wenn morgen die Wellen immer noch so hoch sein würden? Nein, das ist keine Lösung.

Ich betrachte die Situation genauer und stelle fest, dass die Wellen sich nicht gleichmäßig verhalten. Mal rollen sie an, und dann gibt es wieder kurze Flautezeiten. Das könnte klappen. Ich drehe mein Boot so, dass mein Blick auf die Hafeneinfahrt fällt.

Die Einfahrt zum Hafen verläuft zunächst geradeaus, vorbei an der Mole, und dann im rechten Winkel nach rechts in das Hafenbecken.

Meine Chancen stehen fünfzig zu fünfzig. Wenn mich eine Welle mitreißt, würde sie mich an der Einfahrt vorbeiziehen, entweder erdrücken oder mich auf den Felsen schmettern. Das wäre tödlich, das ist mir klar.

Ich muss mich entscheiden. So oder so. Es ist nicht das erste Mal in meinem Leben, dass ich ein Risiko eingehe.

Als Jugendlicher war ich schnell an die Weltspitze herangekommen. Mit sechzehn sollte ich das erste Mal Weltmeister werden. Angst kannte ich nicht. Was habe ich in meinem Paddel-Leben alles erlebt! Einmal bin ich sogar mit meiner Bootsspitze mit voller Wucht gegen einen Felsen geprallt. Der Aufprall war so stark, dass ich bis zum Hals ins Boot rutschte und dabei fast ertrank.

Ich präge mir die Wasserbewegungen ein. Das heißt, alle Bewegungen und Unregelmäßigkeiten beobachten, einprägen und im Kopf festhalten. Ich spüre und fühle das Wasser und schalte von der Außenwelt ab, konzentriere mich nur noch auf eine Sache, und zwar die, die ich jetzt vorhabe.

Dann ist es so weit. Bei der nächsten Gelegenheit, die sich bietet, werde ich lospaddeln.

Die Wellen sind noch hoch. Sie werden flacher, jetzt noch flacher. Ich paddle als gelte es mein Leben. Das Meer beruhigt sich immer mehr. Ich habe noch ein ganzes Stück vor mir und bemerke, wie das Wasser landseitig ins Meer zurückfließt. Das bedeutet, dass der nächste Brecher sich bereits entwickelt. Die Geschwindigkeit des Bootes wird langsamer, da die Gegenströmung stärker wird. Auf keinen Fall umschauen, weiter paddeln. Dichter an die Mole heran und weiter paddeln. Die Paddelschläge werden schwerer. Ich fühle, wie von hinten das Wasser steigt, und wage nicht, mich umzudrehen. Es kreischen Möwen. Ihr Ruf wird lauter und kommt näher – und dann ein lautes Donnern.

Eine Sekunde ist jetzt wie eine Ewigkeit. Meine Atmung verkürzt sich, bis ich keine Luft mehr hole und die Luft in meiner Lunge komprimiere.

Sofort schwenke ich rechts ein und schieße mit meiner letzten Kraft hinter die Mole des Hafens und schaue mich kurz um. Eine weiße Wand rollt vorbei.

Erleichtert schnappe ich hastig nach Luft, und dann wird meine Atmung lang und tief. Das war knapp. Länger hätte es nicht dauern dürfen. Einige Meter noch, und dann bleibe ich stehen.

Die Mole ist mit einem Seil abgesichert, dass niemand sie betreten kann. Hinter dem Seil stehen Menschen und schauen ins Hafenbecken. Dann höre ich eine Frau rufen: „Oh schau, ein Kajak! Wo kommt das denn her?“

Kraftlos und erschöpft paddle ich zum Steinstrand des Hafens und blicke in den Trubel einer Stadt: Menschen, vorbeifahrende Autos, Lärm, Hektik und Gestank, der die Luft erfüllt. Eben noch kämpfte ich um mein Leben, da draußen auf dem Meer. Ein panisches Gefühl überfällt mich, und am liebsten wäre ich umgekehrt und wieder in die tosende Gischt hinausgefahren.

Ich steige aus meinem Boot, und es kommt mir vor, als betrete ich eine andere Welt.

Ich öffne eine Abschottung meines Seekajaks und nehme mir einige Kleidungsstücke und andere Dinge, die ich brauche, heraus. Dann kleide ich mich um, lege mein Boot zu den Fischerbooten und verlasse den Hafen. Gleich in der Nähe trinke ich Kaffee und bestelle ein Mineralwasser nach dem anderen. Der Kellner blickt mich fragend an. Die Luft ist drückend heiß. Ich beobachte das Treiben auf der Straße und die Menschen.

Irgendwie erwecken sie den Eindruck, als wären sie alle sehr wichtig: der autoritäre Polizist, der unabkömmliche Geschäftsmann, der ständig am Telefonieren ist, Menschen, die grundlos böse schauen, und andere, die brav ihre Zeitung lesen, dann diskutieren, als ob sie genau wüssten, wie die Welt funktioniert. Dabei sitzen wir alle in einem Boot – mit unseren Ängsten, Sehnsüchten und Wünschen, mit den Pflichten, die uns fesseln.

Und plötzlich überfällt mich eine bleierne Müdigkeit. Ich überdenke, was es heute noch für Besorgungen zu erledigen gibt. Eine Unterkunft suchen, Heda und die anderen anrufen, Getränke und Verpflegung einkaufen. Dann Abendessen gehen und endlich schlafen. Ich bezahle, nehme meine Sachen, schlendere durch die Altstadt und versuche, in der Nähe vom Hafen ein passendes Hotel oder eine Pension zu finden. Ich durchquere eine Gasse. Vom Baustil her muss sie schon sehr alt sein. Ein Stück weiter führt eine Tür zu einem kleinen Hotel. Die Besitzer sind Einheimische, und ein Zimmer wäre noch frei. Ich entscheide mich schnell. Ganz zufrieden sind sie nicht darüber, dass ich nur eine Nacht bleibe, geben mir dennoch den Zimmerschlüssel. Meine Sachen schaffe ich rasch weg und mache mich sogleich auf den Weg, um in Medano anzurufen. Niemand nimmt den Hörer ab. Ich beschließe, mir noch die Stadt anzusehen und es später zu probieren. Auch dieses Mal habe ich keinen Erfolg. Mein Magen knurrt, ich entschließe mich, ein Lokal zu suchen und etwas zu essen.

Das Essen ist ausgezeichnet und macht mich sofort so müde, dass mir für einen kurzen Augenblick die Augen zufallen und ich fast vom Stuhl rutsche.

Beim dritten Versuch, meine Freunde zu erreichen, nimmt Heda ab. „He, wie geht's und wo steckst du? Wir haben uns schon Sorgen gemacht. Sollen wir dich abholen?" „Nein", sage ich zu Heda. „Wo bist du, Uwe?" Sie kann es kaum glauben. Im Hintergrund höre ich ständig Tom. Frage mal dies, frage mal das.

„Wir haben das Meer heute gesehen, so bewegt war es in den letzten Jahren nicht mehr. Kurz nach deiner Abfahrt begann es zu toben. Wir haben angenommen, du bist wieder umgekehrt." „Ja, das hätte ich vielleicht auch, aber … Heda, ich bleibe in Puerto, ein Zimmer habe ich schon. Morgen früh entscheide ich mich, wie es weitergeht." „Also, pass auf dich auf." „Alles klar, ich melde mich dann wieder. Danke noch mal für die Bandagen und grüße die anderen von mir." „Mache ich, ist doch klar."

In den Gassen und auf den Straßen herrscht Hochbetrieb. Vorbeiknatternde Mopeds, hupende Autos, Fußgänger, die weder nach links noch rechts schauen, wenn sie die Straße überqueren. Laut schwatzende und lachende Mädchen. Die Stadt platzt vor Leben.

Ich gehe in einen Laden und kaufe einige Dinge ein. Etwas Obst, etwas zum Trinken, ein paar Riegel, Milch und Govio.

Govio ist die alte Guanchen-Nahrung, zusammengesetzt aus Maismehl, Weizenkeimen und vielem mehr. Diese Nahrung erzeugt unendlich viel Kraft. Bei hohen körperlichen Anstrengungen ernährte ich mich immer damit. Meist morgens, in einer Schüssel mit Milch vermischt oder zu Kugeln geformt und mit Speck gebraten. Das gibt Energie.

Im Hotel bitte ich die Dame an der Rezeption, mich morgen früh zu wecken. Lächelnd sagt sie zu mir: „Aber gern."

An diesem Abend gehe ich früh schlafen. In der Gasse vor dem Hotel höre ich Schritte und Stimmen.

Obwohl ich das Licht ausgeschaltet habe, erleuchtet eine Straßenlaterne mein Zimmer. Eine Weile liege ich regungslos da und beobachte die Zimmerdecke. Am geöffneten Fenster bewegt sich die Gardine im Wind. Lichtstrahlen durchbrechen sie und erzeugen zahlreiche Muster und Schattierungen an der Decke. Sie wechseln und verändern sich ständig. Dann fallen mir die Augen zu.

Die Nacht ist extrem schnell vorbei. Ein wundervoller Traum begleitete mich im Schlaf.

Ich saß an einem stillen Ort, es war warm und es wurde Nacht. Ich schaute zum Himmel hinauf und sah unendlich viele Sterne leuchten. Die Luft war erfüllt von wohltuenden Düften. Dieser Ort erschien sehr friedlich. Jemand kam vorbei und suchte mich. In der Dunkelheit war ich schlecht zu finden. Doch dann wurde ich bemerkt und mir wurde ein Lächeln geschenkt. Es war so, als wäre ich in eine sorgenlose Welt eingetaucht.

Es ist Zeit zum Aufstehen. Ich kann mich kaum aus dem Bett erheben. Am schlechtesten geht es meinem Hintern. Wie soll ich heute überhaupt sitzen können? Ich denke aber nicht länger nach und mache mich auf den Weg zum Hafen. Von der Mole aus will ich dann aufs Meer schauen. Die Stadt schläft noch. Ich genieße die morgendliche Stille, die nicht zu dieser Stadt passt.

Das Meer hat sich beruhigt. Das Aufschlagen der Wellen am Ufer klingt weicher, nicht donnernd und gewaltig. Geduldig warte ich, bis es heller wird. Ein Windzug streift mich. Nur langsam hellt es auf.

Nicht weit vom Land entfernt, sehe ich etwas vorbeiziehen. Ich kann es nicht genau erkennen. Nach den Bewegungen zu urteilen, könnten es Wale sein. Beim genaueren Hinschauen erkenne ich einige Tümmler. Nie hätte ich vermutet, dass sie so dicht ans Ufer kommen. Dann sind sie verschwunden.

Die Sonne steht noch hinter den Bergen, aber es wird bereits taghell. Die Stadt erwacht, am liebsten würde ich mich in ein

Cafe setzen und ihr dabei zuschauen. Meine Entscheidung fällt genau in diesem Moment. Ich werde weiterpaddeln. Mit einem unguten Gefühl gehe ich zum Hotel zurück.

Dort frühstücke ich eine Kleinigkeit. Niemand ahnt, was ich gestern erlebt hatte. Was würde mich heute erwarten? Danach hole ich meine Sachen aus dem Hotelzimmer.

Mit langsamen Schritten und weichen Knien laufe ich zum Hafen. Ich verstaue alle meine Sachen im Boot und bringe es zum Wasser. Zur gleichen Zeit fahren auch einige Fischerboote hinaus. Sollte das Wetter heute beständig sein? Jedenfalls ein gutes Zeichen, wenn die Fischer aufs Meer hinaus fuhren. Auf die Wetteransage konnte man sich nicht verlassen. Tenerife ist eine Insel mit drei Klimazonen. Wenn es hier schönes Wetter gab, hieß das noch lange nichts. Einige Kilometer weiter konnte es ganz anders aussehen.

Puerto de la Cruz lasse ich hinter mir. Das Meer ist nur leicht bewegt. Ich halte mich heute mehr landeinwärts, fahre an großen Buchten vorbei. Nicht weit von mir entfernt sehe ich eine große Rückenflosse aus dem Meer ragen. Kurz darauf verschwindet sie wieder. So geht es einige Male. Es schwimmen anscheinend mehrere Fische in meiner Nähe. Mal streift einer ganz dicht an mir vorbei, dann wieder sind weiter entfernt welche zu sehen. So bin ich wenigstens nicht alleine unterwegs. Keine Ahnung, ob ich mich fürchten sollte, aber es geschieht auch nichts. Dann schlage ich beim Eintauchen meines Paddelblattes auf einen weichen Widerstand. Ich kann nicht feststellen, was es sein mag. Weiches, durchtränktes Holz, das im Wasser schwimmt? Oder vielleicht ein Fisch? Ich will nicht weiter darüber nachdenken. Das Paddeln und auch das Nachdenken strengen mich zu sehr an. Meine Kraftreserven sind vom Vortag restlos verbraucht.

Heute liegt eine Paddelstrecke von dreißig Kilometern vor mir. Mein Ziel heißt Bajamar.

Ich paddle sehr langsam und komme kaum voran. Selbst meine Gedanken kann ich nicht zu Ende denken. Meine Konzentrationsfähigkeit nimmt immer mehr ab. Das Meer bewegt sich stärker. Neben mir erscheint die Stadt El Sauzal. Bis hierher hat es eine Ewigkeit gedauert.

Geistig verfalle ich mehr und mehr in einen Dämmerzustand. Ein langes, dickes Tau schwimmt im Wasser an mir vorbei. Dann eine Kiste aus Holz und noch weitere Gegenstände.

Einige Minuten später erfasst mich urplötzlich ein Windstoß, wie aus Düsen. Er kommt direkt von vorn. Dann wird es wieder ruhig und nach kurzer Zeit setzt der Wind erneut ein. Dieses wiederholt sich einige Male. Die Abstände werden kürzer, bis der Wind gleichbleibend stark bläst, dass ich kaum noch mein Paddel festhalten kann. Ich fahre dichter zur Uferseite hinüber. Die Luft erscheint mir zehn Grad wärmer als kurz zuvor. Wie aus einem heißen Föhn weht der Wind. Das Atmen fällt mir schwer. Ich muss meinen Kopf zur Seite drehen, um überhaupt noch Luft holen zu können. Die Wellen kommen nun von der Seite und von vorn. Leichte Meereswellen, starke und kurze Windwellen. Dann beobachte ich die Landseite. Es stellt sich heraus, dass ich nicht mehr vorwärts fahre, sondern wieder zurücktreibe. Der Druck am Paddel ist endlos groß. Nun versuche ich meinen Krafteinsatz zu verstärken, und ich habe das Gefühl, als würden jeden Moment meine Arme vor Anstrengung platzen.

Ich erhöhe noch die Paddelschlag-Frequenz und schaffe es, stückweise voranzukommen. Jede Welle läuft über mein Boot und schlägt mir dann direkt ins Gesicht. Das Atmen fällt immer schwerer. Wenn ich es doch versuche, dringt Salzwasser in meinen Mund. Ich habe schon so viel Meereswasser geschluckt, dass sich der erste Brechreiz einstellt. Dazu verschlucke ich mich noch und bin dem Ersticken nahe. Langsam muss ich schon selbst über mich lachen. Das ist doch nicht mehr normal! Bloß gut, dass mich niemand sehen kann. Ich komme mir vor wie ein Anfänger. Wie lange kann ich das noch durchhalten?

Ganz plötzlich schwächt der Wind ab. Fast tritt Windstille ein. Nach einer kurzen Flaute beginnt der Wind aus allen Richtungen zu blasen. Mal von der Seite, dann von vorn und sogar von hinten. Ich werde von allen Seiten hin und her geschubst.

In der Ferne erblicke ich zwei einander gegenüberstehende Bergspitzen. Diese Felsen kenne ich. Sie stehen dicht an dem Ort Bajamar. Sollte ich es wirklich bald geschafft haben? Es besteht kein Zweifel mehr. Dort vorne liegt Bajamar. Vor Begeisterung stoße ich einen Freudenschrei aus. Etwa eine halbe Stunde noch, dann könnte ich an meinem heutigen Ziel sein, wenn keine unverhofften Dinge geschehen.

Ich pfeife vor mich hin, stimme ein kleines Lied an, das einen unbeschreiblich dummen Text besitzt: „Oh Baby, küss mich und sei froh …"

Rechts neben mir befindet sich eine Höhleneinfahrt. Dort bin ich früher sehr oft hineingepaddelt. An einer Stelle paddelte man hinein, und wenn man Glück hatte, an einer anderen hinaus.

Ich stehe vor der Molen-Einfahrt von Bajamar. Hier muss man sich sehr vorsehen. Das Meer kann spiegelglatt sein, und trotzdem taucht ganz plötzlich eine Welle auf, die sich rollend bis zu einer am Ufer angelegten Mauer schiebt. Ein Ausweichen ist dann kaum noch möglich. Also beobachte ich geduldig das Wasser und passe einen günstigen Augenblick ab, um unbeschadet in die Einfahrt zu gelangen. Alles klappt hervorragend, und mir fällt ein Stein vom Herzen, als ich endlich angekommen bin.

Neben der Mole befindet sich ein kleiner Strand mit einer breiten Treppe dahinter, auf der viele Menschen sitzen. Einige schauen mich erstaunt an. Dann höre ich aus der Menge eine Stimme rufen. „He, Uwe, wo kommst du denn her?" Ich blicke mich um und erkenne Georges Enkel. George ist ein guter Bekannter von mir. „He, du siehst wie eine verbrannte Toastscheibe aus." „Ja, ich bin heute Morgen aus Versehen in einen Toaster gefallen." Jetzt fällt mir erst auf, dass ich völlig braun gebrannt bin. Ich steige aus meinem Boot und setze mich zu ihm auf die Treppe. An seiner Seite sitzen einige hübsche Mädchen, mit denen er etwas plaudert. Wir stellen uns gegenseitig vor und reden dann allerlei. Ein Mädchen kann sich das Lachen nicht mehr länger verkneifen. Ich frage sie, was denn so lustig sei. Sie zeigt auf meine Arme und Beine und fängt dabei erst richtig zu lachen an. „Ja, das sind Kajakbeine, die sehen immer etwas blasser aus." Meine Beine sehen wirklich ulkig aus. Die anderen Mädchen schauen auch zu mir herüber und mir wird das ganze langsam peinlich. Sie lassen nicht locker und wollen mir beim nächsten Mal eine schnell bräunende Sonnencreme mitbringen. Prompt steht ein Mädchen auf und sagt, dass sie mir sofort eine Creme bringen würde. Ich schaue ihr nach, und beim Anblick ihrer Körperbewegungen wird mir etwas schwindlig. Nach kurzer Zeit kommt sie zurück und setzt sich genau neben mich. Sie stammt aus dem Süden Spaniens und verweilt derzeit bei ihren Freundinnen. Von der Insel habe sie noch nicht viel gesehen, aber sie würde am liebsten für immer bleiben. Ja, ich glaube es geht vielen so, wenn man erst einmal da ist, möchte man gar nicht mehr weg. Mit ihr an meiner Seite, würde ich die Insel nie wieder verlassen.

Das Sitzen bereitet mir große Schwierigkeiten und ich glaube, dass mein Hintern gestorben ist und sich das Salz in den offenen Wunden eingräbt. Ich verabschiede mich erst einmal und sage, dass ich mich sehr über ein Wiedersehen freuen würde. „Ja, uns geht es auch so, und heute Abend sind wir in der Nähe. Wenn du Zeit hast, könnten wir uns treffen." „Schön, dann sehen wir uns noch."

Dann blicke ich aufs Meer und bedanke mich bei ihm, dass es mich wohlbehalten hierher getragen hat.

Dann mache ich mich auf den Weg zu Georges Haus. Ich klingle und er öffnet mir die Tür. Zur Begrüßung sagt er. „Ah, der verloren gegangene Sohn kehrt zurück, bitte tritt ein und erzähle. Wie ich sehe, kommst du vom Meer." Ich beschreibe kurz, was geschehen ist und was ich noch vorhabe. Georges Augen leuchten vor Begeisterung. Dann sagt er zu mir: „Heute kannst du nicht mehr weiterpaddeln, aber morgen wird es gehen. Das Wetter soll gut werden. Du kannst so lange bei mir bleiben. Wo ist denn dein Boot?" „Es liegt noch unten am Meer." „Lass es uns holen, dann tragen wir es gemeinsam zu meiner Garage." „Mein größter Wunsch wäre aber, erst einmal an Süßwasser heranzukommen. Ich brauche unbedingt eine Spülung mit eiskaltem Wasser, das würde mich vielleicht von ein paar Schmerzen befreien."

George ist ein lustiger Typ. Er besitzt einen sehr trockenen Humor. Mit seinen 74 Jahren ist er noch topfit. Vor vierzig Jahren kam er auf diese Insel. Das erste Mal, als er mit seiner Frau hier Urlaub machte. Seine Firma lief zu dieser Zeit sehr schlecht. Schnell entschlossen sie sich für eine neue Heimat. Er verkaufte sein Hab und Gut, was nicht mehr viel einbrachte, und siedelte nach Tenerife um. Er brachte Eismaschinen mit und versprach sich davon eine neue Existenz. Aber niemand auf der Insel kannte Speiseeis. Das nötige Kleingeld in der Bevölkerung fehlte ebenfalls. Er war der Zeit weit voraus. George hatte kaum noch Geld zum Leben. Es war eine schwere Zeit für ihn und seine Frau. Wenn alles gut liefe, wollte er seine Frau aus Düsseldorf nachkommen lassen. Zwei Jahre Trennung standen beiden bevor. Sein Glück war sein Auto. Damals gab es im ganzen Norden nur fünf Fahrzeuge. Er begann, die Bevölkerung mit Eiern zu beliefern. Am Anfang konnte er sich von diesem Verdienst gerade so über Wasser halten. Die Nachfragen und Aufträge, die er bekam, steigerten sich in rasanter Geschwindigkeit. George sparte jede Pesete. Nach zwei Jahren hatte er dann so viel Geld zusammengespart, dass er sich für längere Zeit eine Garage mieten konnte. Die Garage baute er um und gründete die Eukalyptus-Bar. Damit wurde er Millionär.

Wir gehen gemeinsam ans Meer. Er hilft mir beim Tragen des Bootes. Seine Garage ist von riesigem Ausmaß. Dann breitet er eine Liege aus. In der Garage befinden sich sogar ein WC und eine Duschmöglichkeit. „Hier kannst du bleiben, wenn du möchtest. Es ist primitiv, aber alles vorhanden, was du brauchst." „Danke, George, das ist sehr nett von dir." „Komm, lass uns was trinken gehen." „Ja, ich stelle mich kurz unter die

Dusche, muss ein paar Wunden pflegen." Später trafen wir uns in einer Bar. George bestellte zwei Kaffee.

„Uwe, du musst richtig Spanisch lernen. Ein Mädchen wirst du hier auch finden. Wenn du die Sache richtig angehst, wird es dir auch gelingen, das Kajakpaddeln auf der Insel bekannt zu machen." „George, du weißt, warum ich hier bin. Ich werde wirklich alles versuchen, doch die Nachfrage ist entscheidend. Die meisten halten mich für verrückt. Es wird viel Zeit vergehen, um Erfolg zu haben. Für das Kajakpaddeln interessiert sich niemand." Er sieht das aber anders. „Ich habe damals sehr viele Fehler gemacht. Später wendete sich das Blatt und ich wurde aus meinen Fehlern klüger. Wenn du nicht daran glaubst, dann wird es auch nichts. In Wirklichkeit wollte ich, als ich auf diese Insel kam, überhaupt kein Eis verkaufen. Mein Traum war schon immer eine Bar. Das habe ich erst Jahre später begriffen. Komm, Uwe! Meine Frau hat uns etwas zum Essen zubereitet. Es gibt Fisch." „Oh Fisch, wie toll."

Nach dem Essen lege ich mich nieder und schlafe ein. Gegen Abend weckt mich George. „Uwe, lass uns ein Bierchen trinken gehen." Der Abend verläuft sehr lustig. George ist gut drauf. Er erzählt mir ein paar Storys aus seiner Jugend und ich habe selten so viel gelacht wie an diesem Abend.

Dann sagt er, dass er leider nicht mehr der Jüngste sei und sein Bett aufsuchen wolle. „Wir sehen uns morgen."

Ich gehe zu einer Telefonzelle und versuche Heda und Tom zu erreichen. Leider nimmt niemand ab. Auf dem Rückweg fällt mir ein, dass ich noch eine Verabredung habe. Am vereinbarten Treffpunkt ist aber niemand. Vor Müdigkeit taumele ich zur Garage und falle ins Bett. Nachts wache ich auf. Ich höre das Donnern der Wellen.

George weckt mich sehr früh. Gewissenhaft sorgt er für unser Frühstück. Seine Frau schläft noch. Schweigend sitzen wir uns gegenüber, trinken Kaffee und essen Toast mit Käse und Schinken. Der Tisch ist voller Speisen. Joghurt, Eier, Müsli, viele Früchte, Säfte und Mineralwasser.

„Uwe, möchtest du noch ein Steak?“ „Was hast du mit mir vor, George? Die letzten zehn Jahre habe kein so gutes Frühstück gehabt.“ „Denk daran, du hast heute einen anstrengenden Tag vor dir.“

„Ja vielleicht.“ „Wollen wir uns das Meer anschauen?“, fragt mich George. „Natürlich, nichts wie hin!“ Wir machen uns auf den Weg. „George, hast du es nachts auch gehört?“ „Was denn?“ „Das Meer war stark bewegt.“ „Ja, aber jetzt ist es ruhig. Uwe, wann willst du starten?“ „Heute fahre ich nicht.“ „Schau dir das Meer an, es ist ruhig.“ „Ja, jetzt ist es ruhig, aber es bleibt nicht so.“ „Woher willst du das wissen? Woher weißt du, dass es nicht so bleibt?“ „Lass uns nach Punta de Hidalgo fahren, und dann könnten wir noch Marco aufsuchen.“

Marco ist sein ältester Enkel. Er arbeitet als Fischer und ist einer der besten Surfer auf der Insel. Seine Auskunft und Meinung sind mir sehr wichtig. „Gut, Uwe, wenn du willst, machen wir das.“

In Punta de Hidalgo bestätigt sich meine Vorahnung. Ein heftiger Wind weht und die Wellen steigen hoch.

Anschließend fahren wir zu Marco. Glücklicherweise ist er da. „Hallo, Marco.“ „Hallo, Uwe. Wie geht's?“ Ich sage: „Noch geht's.“ „Warum, was ist los?“ „Ich bin von Medano mit dem Kajak gestartet und dann …“ „Wie bitte, du bist um Teno gepaddelt? Hast viel Glück gehabt, dort durchzukommen.“ „Wie denkst du über Taganana?“ „Wieso, was ist mit Taganana?“ „Da wollte ich eigentlich herumpaddeln.“ „Das ist unmöglich. Da kommst du nicht durch.“ George lässt nicht locker. „Ich kann ihn mit meinem Boot begleiten.“ „Du Opa, dein Motor ist stark genug und dein Boot ist gut, aber derzeitig kommt niemand herum. Man kann Glück haben, aber ich würde es nicht riskieren.“ George fragt Marco, ob er nicht mitkommen möchte. „Opi, du kennst mich. Sehr gerne würde ich das tun, aber es geht nicht. Man kommt einfach nicht herum. Uwe, höre auf mich und fahre nicht.“ „Danke, Marco, für deinen Rat.“

George und ich gehen, steigen ins Auto und fahren nach Bajamar zurück. Von der Straße aus, die durch Bajamar führt, kann man kurzzeitig aufs Meer blicken. George hat es noch nicht gesehen, aber es ist wirklich eingetroffen, was ich vermutete. Von weitem erkennt man die brausende und tosende Gischt. George sagt nur: „Die Flut kommt", und vergisst dabei, den Mund zu schließen. Dann fragt er mich, ob wir einen Kaffee trinken gehen. „Sehr gerne", gebe ich zur Antwort, „ich gehe nur noch zur Telefonzelle und rufe ein paar Freunde an. Bis gleich."

Glück gehabt, Tom meldet sich. Ich erzähle ihm alles und er meint, dass sie am späten Nachmittag vorbeikommen werden, in Bajamar waren sie noch nie.

Ich freue mich schon auf ein Wiedersehen, und viel früher als erwartet, treffen sie in Bajamar ein.

Meterhohe Wellen brausen heran. Ein wahres Naturschauspiel. Tom holt sofort seine Kamera aus der Tasche und filmt. Immer mehr Menschen kommen und bewundern die Wellen. Plötzlich stehen George und Marco da. „Hallo. Das sind Heda und Tom." „Hallo, ich bin George und das ist Marco."

George, Heda und Tom verstehen sich auf Anhieb und führen gleich ein intensives Gespräch miteinander. Marco zieht mich zur Seite. „Uwe, ich bin froh, dass du nicht losgepaddelt bist." „Weißt du, das habe ich dir zu verdanken. Ohne deine Meinung wäre ich vielleicht doch gefahren." „Du wärst nie durchgekommen, glaube mir. Was hast du jetzt vor?" „Abwarten, wie das Wetter wird." „Nein, Uwe, im Winter ist es zu gefährlich. Irgendwann kommt der Tag, wo du es schaffen könntest, aber nicht im Winter. Außerdem schwimmen dort sehr viele Fische. Ich habe mir eine Konstruktion gebaut. Sie besteht aus einem Plastikeimer und einer Glasscheibe. Den Boden des Eimers trennte ich heraus und setzte dafür eine Glasscheibe ein. Wenn ich zum Fischen hinausfahre, tauche ich den Eimer ins Wasser. Was glaubst du, was sich dort für Fische tummeln! Im Sommer ist es möglich, aber dann nur mit Begleitung." „Danke, Marco."

Heda und Tom unterhalten sich noch immer mit George. Sie sind überwältigt von den Wellen. Ich spüre, dass George die beiden mag.

„Du, Uwe, es hat sich wirklich gelohnt zu kommen. Heute haben wir nicht mehr so viel Zeit, aber wir kommen bestimmt noch einmal nach Bajamar." Heda und Tom müssen wieder zurück. Hedas Bekannte sind noch zu Gast und ihre Freundin ist krank geworden. Sie liegt mit einer Magengrippe im Bett. „Wir sehen uns dann, melde dich, Uwe."

Ich beschließe, mich zurückzuziehen. Ich kaufe mir ein Mineralwasser und etwas Obst. Dort am Felsen werde ich rasten. Ich betrachte das Meer und bin glücklich, heute nicht gestartet zu sein und einfach nur hier zu sitzen.

Bis heute hatte ich sehr viel Glück, und ich wollte mein Schicksal nicht unnötig herausfordern. Um Taganana zu paddeln, war ausgeschlossen. Aber von San Andrés bis Medano müsste es doch gehen. Sollte ich aufgeben? Die fehlende Strecke von Bajamar nach San Andrés könnte ich später einmal nachholen. Entschlossen verlasse ich meinen gemütlichen Platz. Wo steckt George?

Ich stehe vor seinem Haus, die Garageneinfahrt ist geöffnet. „George, bist du da?" Dann meldet sich eine Stimme: „Ja, wir sind hier hinten, ganz in der Ecke, wir kommen gleich zu dir. Marco hilft mir bei der Arbeit, wir haben viel zu tun. Was hast du auf dem Herzen?" „Ich habe mir etwas überlegt. Morgen könnte ich von San Andrés weiterpaddeln. Die Strecke um Taganana lasse ich aus und versuche es später einmal." Beide verstummen. Nach einer Sprechpause meldet sich George zu Wort. „Ja, wenn das Meer hier bewegt ist, dann kann man damit rechnen, dass es auf der anderen Seite ruhig ist. Ich könnte dich mit meinem Auto morgen hinüberfahren. Was hältst du davon, Uwe?" „Na super!" Vor Freude ist George außer sich. „Lass uns gleich genauer darüber reden. Wir gehen einen Kaffee trinken, die Arbeit kann warten." „Das passt mir auch ganz gut", sagt Marco, „ich habe noch eine Verabredung. Bis dann, Opi!"

Gemütlich sitzen wir im Kaffeelokal. George überlegt und sagt dann: „Ich habe morgen bis zum späten Nachmittag Zeit. Erst fahren wir auf die andere Seite. Von San Andrés kannst du dann starten. Ich warte in Radazul auf dich, dort können wir uns den Hafen anschauen und noch eine Kleinigkeit essen. Man bekommt dort wunderbaren Fisch." George hat wirklich Nerven. Eine Inselumrundung mit Kulturprogramm. „Genau so machen wir es", sagt er.

Am nächsten Morgen laden wir mein Boot auf sein Auto und fahren zur anderen Seite der Insel. George ist sehr redselig, ich bekomme keinen Ton heraus. Mit seinem lässigen Fahrstil schaffen wir es bis ans Ziel.

Ganz aufgeregt sucht George seinen Fotoapparat. Ach, hier auf dem Rücksitz hat er sich versteckt. Wir laden das Boot vom Auto und treffen dann weitere Vorbereitungen. George zeigt sich sehr hilfsbereit. Er will sogar das Boot allein zum Wasser tragen. „Du, George, wir machen das gemeinsam, oder ich trage es." „Nein, du musst dich schonen und außerdem schaffe ich das kleine Stück." Beide beginnen wir zu lachen.

Dann gibt mir George noch taktische Hinweise auf den Weg und knipst dabei seinen ersten Film voll. „Wir machen das schon, ich erwarte dich in Radazul zum Mittagessen. Komm nicht zu spät", er lächelt dabei, als er das sagt. „Ach ja, ehe ich es vergesse. Gestern hat jemand eine Sonnencreme abgegeben, zusammen mit diesem kleinen Zettel. Fällt dir dazu was ein?" Typisch George.

Ich steige ins Boot und paddle los.

Es ist ein traumhaft schöner Tag. Das Meer ist wie glatt gebügelt. Ich bin froh darüber, dass mich George an Land mit dem Auto begleitet. Sein trockener Humor heitert mich immer wieder auf. Am liebsten hätte er mich von seinem Boot aus betreut. Doch der Aufwand wäre zu groß gewesen, es von Bajamar bis an diese Einstiegsstelle zu transportieren. So wie es ist, ist es in Ordnung. Die erste Zeit paddle ich an hohen Betonwänden entlang, die den Hafen und die Stadt Santa Cruz vor dem Meer und den schweren Stürmen schützen sollen. Heute ist das Meer ruhig, und ich komme mit meinem Boot zügig voran. Der gestrige Ruhetag macht sich bemerkbar. Meine Kräfte sind zurückgekehrt, und auch psychisch fühle ich mich um einiges besser.

Santa Cruz liegt hinter mir. An der Uferseite erstrecken sich hohe Felsen. In einigen Felsen befinden sich Höhlen, von denen man annehmen könnte, dass dort Menschen leben, denn die Eingänge sind mit Stofftüchern abgedeckt. Beim genaueren Hinschauen erkennt man auch Gegenstände, die vor den Höhleneingängen liegen: wie Schüsseln, Sitzgelegenheiten und sogar einen Grill. Und dann erblicke ich Männer, die auf einem Felsen am Ufer stehen und angeln. Also leben hier wirklich Menschen. Erschrocken schauen sie zu mir herüber. Ich gebe ihnen ein Zeichen zur Begrüßung, aber sie erwidern es nicht. Im Gegenteil, sie fangen zu schimpfen an. Was haben diese Leute nur? Ich mache, dass ich weiterkomme, und vergesse die Sache.

Dann sehe ich eine Mole, auf der jemand steht. Könnte das George sein? Meine Paddelschläge werden schneller, und ich erkenne ihn. Wie eine Galionsfigur steht er da. Starr und unbeweglich. Vom Land ruft er mir zu. „Liegst gut in der Zeit, mach weiter so. Das war ja eine richtig flotte Fahrt. Wo hast du deinen Motor versteckt?“ Ich halte an und sage ihm, dass alles in Ordnung sei. „Ja, ja, das ist zu sehen. Wenn ich mich nicht beeile, bist du früher in Radazul als ich.“ „Alles klar George, ich werde noch ein paar Kohlen auflegen und dann Tempo machen.“ „Junge, bleibe ruhig, das war erschreckend schnell. Vergiss nicht, unterwegs etwas zu trinken. Es ist sehr heiß heute.“ „Alles klar, wir sehen uns dann.“ „Viel Glück, Uwe.“

Die Zeit vergeht schnell und ich sehe schon den Hafen von Radazul. Gleich biege ich in die Hafeneinfahrt ein, und vor mir liegen wunderschöne Boote und Jachten. Der Anblick fasziniert mich. Ich paddle bis zum Ende des Hafens. Nach allen Seiten schaue ich mich um und versuche George zu entdecken. Aber ich kann ihn nicht finden. Wo könnte er stecken? Und dann ein Pfeifton. Da ist er ja. Ich bin erleichtert. „Mann, das ging aber schnell!“ „Ich habe doch gesagt, dass ich mich beeile.“ George schießt noch ein paar Fotos. „Komm, Uwe, ich helfe dir, aus dem Boot zu steigen.“ „Dankeschön.“

Wir tragen das Boot aus dem Wasser, legen es sicher ab und gehen dann zu einem Restaurant. „Uwe, vielleicht schaffst du es noch bis Medano.“ „Das glaube ich nicht. Es ist schon Mittagszeit und die Strecke noch sehr weit.“ „Na, jetzt essen wir erst einmal etwas.“ Wir setzen uns draußen an einen Tisch. „Einen sehr gemütlichen Platz hast du ausgesucht, George.“ „In diesem Restaurant bin ich sehr oft.“ „George, ich werde mal das WC aufsuchen.“ „Ja, gleich da um die Ecke ist es.“ Im Lokal beginnen die Leute zu lachen. Ich drehe mich um, sehe aber niemanden und denke, dass es wohl mir gelten mag. Dann höre ich das Wort, das so ähnlich klingt wie Kartoffel. Als ich mich im Spiegel sehe, begreife ich, was damit gemeint ist, und muss selbst lachen. Mein Gesicht ist völlig mit einer Salzkruste überzogen. Auch auf meinem T-Shirt hat sich eine dicke Salzschicht abgelagert. Unter dem Wasserhahn kühle ich meine Arme und dann mein Gesicht. Das tut gut. Nun laufe ich wieder durch das Lokal und die Leute lachen erneut. Mich stört das nicht, weil ich weiß, wie es gemeint ist.

„Uwe, der Kellner kommt gleich wieder, was möchtest du essen?“ „Eine Kleinigkeit nur und ein Mineralwasser dazu.“ „Ich trinke ein Bier und werde mir einen Fisch bestellen. Möchtest du nicht auch ein Bier und einen Fisch?“ „Nein, nein. Wenn ich ein Bier trinke, falle ich um. Und wenn ich zu viel esse, werde ich müde.“

Die Bestellung ist schnell aufgenommen, und kurz darauf bekommen wir unser Essen.

„George, dass war ein ausgezeichnetes Essen. Jetzt muss ich mich aber wieder auf den Weg machen. Ich merke, dass ich langsam müde werde.“ „Ich trinke noch schnell mein Bier und dann gehen wir.“

Als George ausgetrunken hat, bezahlen wir und verlassen das Restaurant. Meine Müdigkeit nimmt zu.

Wir lassen das Boot zu Wasser und ich bedanke mich. „Keine Ursache, Uwe, es hat mir sehr viel Spaß gemacht, dich begleiten zu dürfen.“ „George, wir sehen uns dann wieder.“ „Gute Fahrt, Uwe.“

Er schaut mir noch lange nach, und ich habe das Gefühl, als wenn ihm bei meiner Abfahrt ein paar Tränen in den Augen stünden.

Das Wetter ist noch traumhaft gut. Die Frage bleibt, wie weit ich heute noch kommen werde.

Die Pause war etwas zu lang. Ich komme nur schwer in Tritt.

Zwischen kleinen Buchten und verschiedenartigen Felsformationen wechseln sich die Landschaftsstrukturen ständig ab. Und dann gibt es mal wieder ein kleines Städtchen oder ein Dorf zu sehen.

Stunden vergehen. Die Sonne verschwindet hinter den Felsen und die Landschaft wirkt kalt.

Eine lange Felskette zieht sich am Ufer entlang. Mich beschäftigen viele Fragen. Wie weit fahre ich noch? Wo gibt es eine günstige Aussteigestelle? Wo schlafe ich heute? Am Strand? Oder vielleicht führt ein Weg vom Ufer weg, direkt zu einer Straße? Die Abendkühle setzt langsam ein. Durch mein feuchtes T-Shirt weht ein lauer Abendwind. Mein aufgeheizter Körper beginnt zu frösteln. Mir wird kalt. Langsam wäre es Zeit, einen geeigneten Platz zu finden, um die heutige Fahrt zu beenden. Meine Unruhe wird größer. Nicht mehr lange, und es wird dunkel. Im Dunkeln paddeln hatte ich nicht vor.

Wenige Minuten vergehen, und was ist das? Eine kleine Bucht. Ich schaue hinüber und sehe, dass dort jemand steht. Langsam fahre ich in diese kleine Bucht ein. Eine Frau steht dort und ich frage sie, ob ich mit meinem Boot anlegen darf. Dann frage ich, ob es in der Nähe eine Telefonzelle gibt und wie ich zu einer Straße komme. Aufmerksam schaut sie mich an, gibt mir ein Zeichen, und ich folge ihr ins Haus, das gleich neben der Bucht steht. Das Haus ist nett eingerichtet und glänzt vor Sauberkeit. Dann zeigt sie auf ein Telefon. Hätte ich gar nicht vermutet. Ich schaue sie an. Sie nimmt den Hörer ab und legt ihn in meine Hand. „Oh, danke schön, das ist aber nett." Ich rufe Heda und Tom an. Sie nehmen ab. „Hier ist Uwe. Ich telefoniere aus dem Haus einer Frau, die nicht spricht." „Uwe, was ist los mit dir?", fragt mich Heda. „Ich bin in eine Bucht eingefahren und telefoniere von dort aus." „Was redest du? Wo bist du?" „Das weiß ich nicht, Heda." „Kann die Frau nicht sprechen?" „Weiß ich nicht." „Steht sie neben dir?" „Ja." „Dann gib sie mir mal bitte." Ich gebe der Frau ein Zeichen, damit sie ans Telefon kommt. Sie nickt und nimmt den Hörer. Kurz darauf ein langes herzhaftes Lachen. Ich weiß nicht, was Heda ihr erzählt, aber plötzlich streift mich ein reizender Blick, und ich sehe erst jetzt, wie jung und charmant diese Frau vor mir ist. Wie oft habe ich schon Tomaten auf den Augen gehabt! Und ich dachte schon, ich kehre in ein Hexenhäuschen ein. Nun beginnt die Frau zu sprechen und beschreibt Heda den Weg hierher. Beim Telefonieren muss sie immer wieder lachen. Ich fühle mich etwas unsicher. Dann gibt sie mir noch einmal den Telefonhörer. „Du, Uwe, die Frau ist nett, das erkenne ich an ihrer Stimme. Wir holen dich ab, aber sie meinte, du kannst auch über Nacht dableiben." „Wie bitte?" „Wird Zeit, dass du mal richtig spanisch lernst. Sollen wir kommen?" „Auf jeden Fall." „Wir lassen uns Zeit. Bis dann." Heda legt auf.

Die Frau öffnet einen Schrank und reicht mir ein Handtuch. Dann zeigt sie mir das Badezimmer. Mann, hat die Klasse, denke ich mir. Unter der Dusche singe ich leise mein Lieblingslied „Ich bin schüchtern, aber dafür ungeküsst". Das warme Süßwasser tut mir gut. Aufgewärmt verlasse ich das Badezimmer. Im Haus ist niemand zu sehen. Dann schaue ich aus dem Haus. Die junge Frau sitzt auf einem Stuhl. Sie steht auf und macht den Stuhl für mich frei. Ich setze mich und bedanke mich für die warme Dusche und den bequemen Sitzplatz. Sie lächelt nur. Es ist bereits dunkel. Eine Minute später legt sie mir eine warme Decke über die Schultern und eine weitere

Minute später bekomme ich heiße Schokolade zum Trinken. Wo bin ich denn gelandet? Das ist ja wie im Paradies.

Etwas später wechselt sie meine Tasse mit einem Glas Rotwein aus. Ihre Haare trägt sie jetzt offen und mir fällt auf, dass sie ein wunderschönes Kleid trägt. Ihr Rücken ist völlig unbedeckt. Dann denke ich mir, jetzt fehlt nur noch eine romantische Musik. In diesem Augenblick ertönt eine leise Melodie. Ich glaube, ich sollte lieber aufhören zu denken. Sie setzt sich auf die kleine Treppe vor dem Haus. Den Ellenbogen stützt sie auf ihren Oberschenkel und ihre Wange liegt sanft in ihrer geöffneten Handfläche. Leicht und langsam bewegt sie ihr rechtes Bein hin und her. Ihr Blick steigt zum Himmel hinauf. Dabei schlüpft sie mit einem Fuß aus ihrem Schuh. Sie schaut zu mir herüber und dann zu meinem Boot und lächelte einfach. Ich wusste bis dahin noch nicht, wie schön Schweigen sein kann. Um uns herum ist es still und man hört nur die leise Musik und ein leichtes Meeresrauschen. Behutsam gleitet sie mit ihren Fuß in ihren Schuh zurück und kommt erneut zu mir, nimmt mir das Glas aus meiner Hand und streicht mir mit ihrer Hand über mein Kinn. Was soll das, denke ich mir. Sehnsucht steigt in mir auf.

Am nächsten Morgen wache ich in meinem Bett auf. Tom und Heda trafen erst spät in der Nacht ein. Das Auto war einige Male unterwegs stehen geblieben. Die Benzinleitung war defekt. Schweren Herzens verlasse ich diesen zauberhaften Ort. Kaum hundert Meter entfernt, ergreift mich ein starker Schmerz, der mich nicht mehr loslässt.

„Guten Morgen, Heda." „He, Uwe. Na, wie war dein Abend gestern?" „Was meinst du?" „Du weißt, was ich meine." „Nein, weiß ich nicht." „Na, die junge Frau von gestern." „Heda, ich weiß nicht mehr, ob das alles nur ein Traum gewesen ist. Es war unbeschreiblich schön und romantisch. Wir kamen uns etwas näher und saßen den ganzen Abend vor dem Haus auf einer kleinen Treppe. Dort verbrachten wir den Abend und tranken ein Gläschen Wein. Sie legte ihren Arm um meinen Hals und drückte mich ganz fest an sich. Sie ist immer am Wochenende im Haus und entspannt sich dort. Geht schwimmen und laufen. Falls ihr nicht gekommen wärt, hätte sie mir den Schlüssel vom Haus gegeben. Sie wartete ebenfalls darauf, dass sie abgeholt wird. Ihre Schwester rief an, dass sie sich verspäten würde. So hatten wir zufällig den Abend für uns, bis ihr gekommen seid.“

„Uwe, gestern habe ich beim Fernsehen angerufen – Antenne 3 – und ihnen gesagt, dass jemand um die Insel paddelt. Sie waren sehr begeistert. Heute wollen sie einige Aufnahmen von dir machen. Gegen ein Uhr mittags sind sie in Medano. Wenn es geht, sollst du an einem bestimmten Strand anlegen.“ „Ja, aber ich bin doch nicht um die ganze Insel gepaddelt. Da fehlt noch ein Stück.“ „Das habe ich ihnen auch erzählt. Aber sie meinten, es ist trotzdem eine wahnsinnige Leistung. Tom bastelt schon den ganzen Morgen mit einem Mechaniker am Auto. Er hat angerufen und wird bald da sein. Lass uns frühstücken.“

Wir sitzen alle drei im Auto. Tom ist wegen der Fernsehaufnahmen ganz aufgeregt. Er zappelt im Auto umher und spricht wirres Zeug. Heda meint zu Tom: „Sing mal lieber ein schönes Lied.“

Ich schaue ständig auf den Kilometerzähler. Zwanzig Kilometer, dann fünfundzwanzig und beim Stand von dreißig Kilometern verlassen wir die Autobahn. Momentan haben wir es kurz vor halb zehn. Wenn ich um zehn Uhr im Boot sitze, dann bleiben mir für die dreißig Kilometer drei Stunden Zeit. Wenn alles gut geht, müsste ich es schaffen.

Wir steigen aus dem Auto. Ich gehe zum Haus hinüber und hole mein Boot. Kurzzeitig setze ich mich auf die Treppe und versinke in Gedanken. War das ein Traum oder Wirklichkeit? Tom ruft mich. „He, was machst du da, steig ins Boot, du musst los.“ „Ich komme gleich.“ Heda spricht dann mit Tom und fordert ihn auf, ruhig zu bleiben.

„Bis dann.“ Und ich paddle los. Tom pfeift noch einmal. Ich drehe mich um und sehe, wie Tom mit geschlossener Hand und mit fast angewinkeltem Arm seinen Daumen nach oben richtet.

Meine Gedanken kreisen. Das Meer hat mich an diesen Ort gebracht, und ich bedanke mich dafür. Jetzt heißt es wieder aufmerksam sein.

Ich lege mich voll ins Zeug. Das Wetter ist gut, das Boot läuft und ich fühle mich auch nicht schlecht. Das ist die letzte Etappe und ich werde heute wieder in Medano sein.

Wunderschön erstreckt sich die Küstenlandschaft. Nur noch einige hundert Meter und ich bin in Poris de Abona. Eine wunderschöne Bucht umgibt diesen Ort. Vier Jahre später werde ich genau hier Erstaunliches erleben.

Von weitem erkenne ich den Berg Roja. Er liegt kurz hinter einer anderen Bucht bei Medano. Es ist noch weit bis dorthin. Mit kräftigen Paddelschlägen treibe ich mein Boot voran. Höchstens zwei Stunden werde ich noch brauchen. Ich verschärfe noch einmal das Tempo, denn heute beende ich meine Tour.

Wie lange werde ich schon unterwegs sein? Eine Uhr besitze ich immer noch nicht. Mir ist jedes Zeitgefühl verloren gegangen. Ich könnte nicht genau sagen, ob ich nun eine oder zwei Stunden unterwegs bin.

Kleine Buchten laden zum Schwimmen ein.

Der rote Felsen rückt näher. Flott gleitet mein Seekajak. Um ein Uhr wollte dass Fernsehteam in Medano eintreffen. Langsam werde ich unruhig. Vielleicht bin ich auch schon zweieinhalb oder drei Stunden auf dem Meer. Ich paddle hastiger, und mir tritt dicker Schweiß ins Gesicht.

Dann komme ich an einem langgezogenen steinigen Ufer vorbei. In der Nähe befindet sich ein Industriegelände. Mitten am Steinufer sitzt ein junger Mann. Ob ich ihn frage, wie spät es ist?

Erst jetzt bemerkt er mich und fängt zu jubeln an, steht auf und macht einige Paddelbewegungen nach. Ich halte an und frage ihn nach der Uhrzeit. Er ruft mir etwas zu, das ich nicht verstehe. Dann zeige ich aufs linke Handgelenk und drehe mit meinem Zeigefinger im Kreis. Er ruft mir etwas zu und ich verstehe es wieder nicht. Ich paddle dichter heran. „Wie bitte, halb zwölf? Das kann nicht sein.“ Als er begreift, dass bei mir noch immer etwas unklar ist, beginnt er mit Fingerzeichen zu arbeiten. Zwei volle Hände mit zehn Fingern, dann zeigt er einen Finger an und noch einen halben. Zehn plus eins ist elf und den halben Finger dazu ist elf ein halb, also halb zwölf. Nun will ich es genau wissen. Ich versuche an den Strand zu kommen, wobei er mir hilft. Er zeigt mir seine Uhr, es ist wirklich kurz nach halb zwölf. Wenn seine Uhr nicht falsch geht, habe ich noch reichlich Zeit. Er setzt sich wieder hin und ich setze mich neben ihn. Da drüben in der Fabrik arbeitet er. Er hat eigentlich überhaupt keine Pause und ist einfach gegangen, um das Meer zu sehen. Ihm ist es egal, ob er dafür rausgeworfen wird. Er hält es dort sowieso nicht mehr aus. Viel zu lange war er schon da. Unter der Sonne und am Meer, dort fühlt er sich wohl, dort ist er frei. Mir gefällt die Art, wie er redet. Sein ganzes Wesen sprüht vor Leidenschaft und Achtung vor der Natur. Er ist ein energiegeladener Bursche und strahlt auf mich etwas ganz Besonderes aus. Natürlichkeit und Ehrlichkeit. Dann reicht er mir ein belegtes Brot und dann noch ein Getränk. Es fällt mir schwer, es anzunehmen, da das Essen für seinen Arbeitstag bestimmt ist. Gemeinsam bestreiten wir unser Picknick.

Wurst ist keine auf dem Brot, ist viel zu ungesund. Er isst lieber Käse, nicht zu viel davon, Obst und Gemüse. Das ist auch die Zusammenstellung auf der Brotscheibe. Etwas Käse, ein Salatblatt, Tomatenscheiben, Gurkenscheiben, Zwiebeln und zwei Scheiben Kartoffeln.

Eine Weile plaudern wir noch und dann frage ich abermals nach der Zeit. Oh, schon Viertel nach zwölf. Leider muss ich weiter, und er meint, dass er auch wieder in die Fabrik zurückgeht. Vielleicht sehen wir uns einmal wieder. Er sitzt jeden Tag zur Mittagszeit an dieser Stelle, und als er das sagt, klingt seine Stimme leise. Kurz schaut er noch zu meinem Kajak und meint, dass er auch viel gepaddelt sei. Jahre später höre ich noch einmal von ihm.

Die letzten Kilometer liegen vor mir.

Ich denke an das Gespräch mit dem Mann. Alles hat seinen Preis. Welche Barrieren musste ich überwinden, um ans Meer zu kommen!

Vor vielen Jahren begann ich mein Geld mit Kajakpaddeln zu verdienen. Als ehemaliger Kajak-Profi und jahrelanger Trainer entschied ich mich eines Tages, einen anderen Weg einzuschlagen. Ich gab die Sicherheit einer festen Anstellung auf und unterrichtete Menschen, die für sich eine besondere Form der Entspannung suchten, im Kajaksport. Die Arbeit machte mir sehr viel Spaß, und die Sommersaison war viel zu schnell vorüber.

Nun kam der Winter und es galt eine lange Durststrecke zu überstehen. Ich wollte Kajakfahrer bleiben. Eine harte Zeit brach für mich an. Einen Job für den Winter hatte ich noch nicht. Für ein halbes Jahr wollte mich niemand fest einstellen, für längere Zeit schon. Ich bemühte mich, eine Arbeit zu finden, und innerhalb von zwei Tagen hatte ich zwei Jobs. Tagsüber verkaufte ich Kräuter-Bonbons und abends arbeitete ich als Tellerwäscher in einem Nobel-Lokal. Meine Chefs waren mit mir sehr zufrieden. Am Bonbonstand verkaufte ich fünfmal so viel wie mein Vorgänger. Man konnte zwischen achtundzwanzig verschiedenen Sorten wählen. Als Erstes besorgte ich eine uralte Waage. Die Packungen wurden jeweils zu zweihundert Gramm abgefüllt. Die Dekoration am Stand änderte sich auch mit meinen Ideen. Sie wurde nostalgisch. Ich selbst zog mir einen alten Mantel an, setzte mir einen Hut auf und klemmte mir einen langen weißen Bart uns Gesicht. Das hatte auch den Vorteil, dass mir nicht so kalt wurde. Dann schrieb ich auf ein Plakat: „Aus uraltem Familien-Rezept, Kräuterbonbons“ und hing einen kleinen Sack darunter, auf dem stand „Urgroßvaters Geheimnis“. Später besorgte ich mir noch eine Rassel, um auch akustisch aufzufallen. Die Leute hatten viel

Spaß mit mir und nannten mich den Medizinmann. Die Bonbons halfen wirklich gegen Halsschmerzen, oder wenn die Nasenhöhlen verstopft waren. Das sprach sich sehr schnell herum.

Eines Tages kamen zwei Herren an meinen Stand. Sie boten mir ein paar Bonbons an, die sie mitbrachten. Ich sollte einige probieren, danach wollten sie meine Meinung dazu hören. Ich sagte: „Die schmecken nicht schlecht, meine Herren, aber unsere sind besser." „Das wissen wir. Wir wollen Ihnen ein Geschäft vorschlagen." „Welches?" „Verkaufen Sie uns einige Rezepte." Mir blieb die Luft weg. Ich sagte dann: „Leider unverkäuflich." „Wie viel wollen Sie, wir bezahlen gut." „Ich muss Sie enttäuschen, hier werden nur Bonbons verkauft, keine Rezepte." „Überlegen Sie noch einmal genau, hier unsere Visitenkarte. Sie können jederzeit anrufen." Ich war platt, rief meinen Chef an und erzählte ihm alles. „Uwe, bist du verrückt, mach sofort das Plakat ab. Den Schrott kannst du in jedem Großhandel kaufen." Ich hatte wirklich angenommen, dass die Bonbons aus einer alten Familientradition stammten.

Mein Tellerwäscher-Job machte ebenfalls Fortschritte. Den ersten Monat war ich nur am Schrubben und Polieren. Kein Fleck durfte auf dem Geschirr zu finden sein. Das Arbeitsklima war sehr rau. Die Töpfe und Pfannen flogen nur so durch die Gegend. Alles musste schnell gehen. Für die Reinigung der Töpfe und Pfannen gab es penibel genaue Vorschriften. Das war die reinste Wissenschaft. Oft wurde ich wegen Kleinigkeiten, die ich noch falsch machte, beschimpft. Aber nach Feierabend sagten alle Köche, dass ich super gewesen sei und dass ich morgen wieder kommen solle. Ich musste ja, da ich Geld verdienen wollte und meine Kündigungszeit drei Wochen betrug.

Nach weiteren Wochen war ich schon so professionell und schnell, dass ich die ersten Zuarbeiten für die Köche machte. Das entlastete sie bei der Arbeit sehr und ich war aus diesem Team nicht mehr wegzudenken. Meine erste Gehaltserhöhung flatterte ins Haus, worüber ich mich sehr freute. Es war die reinste Knochenarbeit. Nie hatte ich eine Pause, und abends musste ich noch die ganze Küche putzen. Wenn es übermäßig viel Arbeit gab, reagierten wir uns zwischendurch etwas ab. Einer rief: „U-Bahn-Fahren, bitte alles einsteigen!“ Dann ergriff jeder eine Suppenkelle, wir stellten uns hintereinander auf, hoben einen Arm und hängten das Ende der Suppenkelle an einer langen Stange ein, die unter der Küchendecke befestigt war. Alle zappelten hin und her. Wir standen ja in der U-Bahn. Von vorne beginnend, gab jeder einen geistlosen Spruch von sich. Zum Abschluss rempelten wir uns gegenseitig an, und jeder musste den anderen beschimpfen. „Hey, was soll das, du Suppe, kannst du nicht aufpassen, du stehst auf meinem Fuß.“ Und vieles mehr. Dann hieß es, alles wieder aussteigen, und wir gingen an unsere Arbeit zurück. Nachts verteilte ich noch Handzettel, etwas Werbung für meine Kajak-Kurse.

Eines Abends verpasste ich die S-Bahn. Taxifahren war nicht möglich, ich wohnte viel zu weit weg, und das Geld dafür wollte ich nicht ausgeben. In dieser Nacht war es sehr kalt. Der Nachtbus fuhr auch nicht in meine Richtung. Also beschloss ich zu warten. Vor Kälte hielt ich es kaum noch aus. Zudem war ich übermüdet. Nach einer Stunde Wartezeit blieb ein Güterzug auf meinem Bahnsteig stehen. Ich dachte mir, wenn er losfährt, springe ich einfach auf. Länger halte ich das sowieso nicht mehr aus. Dann kam ein Zugbegleiter, der den Zug technisch kontrollierte. Er lief an mir vorbei und schaute mich prüfend an. Nach einigen Minuten kam er zurück. „Wo willst du hin?“, fragte er mich. Ich antwortete ihm. „In diese Richtung fahren wir auch, komm mal mit.“ Wir liefen vor zur Lok. Der Lokführer schaute hinaus. „Der junge Mann hat seine S-Bahn verpasst, was machen wir mit ihm?“ „Er fährt mit uns, der sieht so aus, als würde er auch auf den Zug springen.“ Wir stiegen in die Lok. „Zu niemandem ein Wort. Wenn das jemand erfährt, gibt es Ärger.“ „Schon klar“, sagte ich. Die Leute waren super freundlich. Als Erstes bekam ich einen heißen Kaffee gereicht. „Der ist zum Aufwärmen“, meinten sie. „Erzähle mal, was machst du nachts auf dem Bahnsteig?“ „Das ist eine lange Geschichte“, sagte ich. „Der ist o.k.“

Dann erklärten sie mir, wie man eine Lok startet und was die Zeichen an den Gleisen bedeuten. „Sehr aufregend alles", sagte ich. In ihnen steckt eine absolute Berufsehre, sie lieben ihren Beruf, dass spürte ich ganz deutlich. „Nachher halten wir kurz an, dann kannst du aussteigen. Aber es muss schnell gehen. Falls du noch einmal deine S-Bahn verpasst und wir sind da, dann komm gleich zur Lok vor." „Danke, gut zu wissen."

Wir halten an. „Wiedersehen und danke noch mal." „Halt die Ohren steif." „Alles klar."

Am nächsten Tag wurde im Restaurant ein neuer Koch eingestellt. Ein sehr sportlicher und aufgeschlossener Typ, mit dem ich mich blendend verstand. „Habe gehört, dass du Kajak fährst." „Ja, im Sommer habe ich damit angefangen, Kajak-Unterricht zu geben. Leider habe ich für den Winter noch keinen passenden Ort gefunden, um vielleicht auch dann zu paddeln." „Ich kenne einen, wo du auf dem Meer paddeln könntest." „Wo soll das sein?" „Tenerife." „Wie kommst du darauf?" „Meine Mutter lebt dort unten und ich selber bin auch oft da. Nur vier Flugstunden, und du bist in der Wärme." „Hört sich nicht schlecht an, ich denke mal darüber nach." „Ich könnte dir die Telefonnummer von meiner Mutter aufschreiben. Mit ihr kannst du dich mal darüber unterhalten." Wochen später flog ich nach Tenerife.

Der Frühling begann und ich beendete meine Jobs. Die Chefs waren sehr traurig, und die Köche werden mich sehr vermissen. Es flossen einige Tränen. Zum Abschied bekam ich einen riesigen Präsentkorb, und eine Urkunde wird mir verliehen: „Weltmeister im Tellerwaschen, wir werden dich nie vergessen." Diese Auszeichnung ehrte mich sehr, und ich meine das im Ernst.

Nur noch wenige Meter bis zum Strand. Was werde ich denen vom Fernsehen erzählen? Ich bin einige Jahre in der Weltspitze gepaddelt, aber das hier war mein schwerstes Rennen. Obwohl es nichts mit einem Rennen zu tun hatte. Ich weiß nicht, was ich sagen soll.

Am Strand sehe ich Heda und Tom. „Grüß euch. Wo sind die Fernsehleute?" „Sie entschuldigen sich, sie konnten heute leider nicht kommen. Aber sie rufen noch einmal an." „Ist nicht so schlimm. Schön, wieder hier zu sein."

Einen Tag später rufen die Fernsehleute wirklich an. Und zwei Tage später werden Filmaufnahmen gemacht und ein Interview mit mir geführt. Weitere Tage später übertragen sie die Aufnahmen im Fernsehen. Der Beitrag läuft einige Male. Viele Menschen sprechen mich an, laden mich zum Essen ein und gratulieren mir. Immer, wenn ich dann mit meinem Bus und dem Seekajak darauf unterwegs bin, begleiten mich fröhliche Hupkonzerte.

Vier Jahre später …

Schreiend und schweißgebadet wache ich auf. Meine Finger sind wie Krallen geformt. Ich habe Angstzustände. Ein schrecklicher Traum. Vorsichtig ziehe ich meine Bettdecke bis zum Kinn. Mein ganzer Körper zittert.

Ich wage mich kaum zu bewegen. Dann beruhige ich mich wieder.

Im Wachzustand erinnere ich mich an den Traum.

Er handelt von einer Insel. Alle Menschen, die dort leben, fürchten sich. Es ist dunkel und die Inselbewohner laufen schreiend und kreischend umher. Manche stürzen auf den Boden. Ich stehe abseits und begreife nicht, was passiert ist. Plötzlich sehe ich dunkle lebende Flugobjekte am Himmel kreisen, die immer näher kommen und die Flüchtenden verfolgen. Im Traum spüre ich keine Angst. Wie kann ich diesen Menschen nur helfen? Und kurz darauf erscheint ein mächtiger Drache. Er vertreibt die Ungetüme und befreit die Menschen von ihrer Angst. Die Inselbewohner bedanken sich bei dem Drachen und reden mit ihm. Dabei stelle ich fest, dass sie mit mir reden.

Ich bin hellwach und denke über den Traum nach. Es vergehen einige Augenblicke und ganz unverhofft fällt mir Tenerife ein. Im nächsten Moment greife ich zum Lichtschalter, stehe auf und gehe zu einem Regal. Dort müsste noch eine Landkarte liegen. Aus einem Fach ziehe ich dann behutsam die Karte von Tenerife heraus und breite sie auf einem Tisch aus.

Das ist es! Beim nächsten Mal starte ich von Puerto de la Cruz. Etwa drei Stunden werde ich bis Bajamar benötigen. Wenn das Wetter mitspielt, paddle ich weiter um Taganana und dann bis Medano. Einen Tag später von Medano weiter um die Insel, bis Puerto de la Cruz zurück. Dieses Mal werde ich um die gesamte Insel paddeln. Die Gesamtfahrzeit soll vierundzwanzig Stunden betragen. Jeden Tag zwölf Stunden, dann könnte ich es in zwei Tagen geschafft haben. Zufrieden über den Entschluss, lege ich mich ins Bett und schlafe tief und fest ein.

Am nächsten Tag beginne ich mit der Planung. Wir haben Februar, und im Juni werde ich starten. Ich brauche ein schnelleres Boot mit einer perfekten Sitzschale. Ein leichteres Paddel mit kleineren Paddelflächen. Weiterhin einen spanisch sprechenden Manager, der mir auf Tenerife bei allen organisatorischen Vorbereitungen hilft. Ein Motorboot und ein Kamera-Team und etwas Glück.

Am gleichen Tag gehe ich zur Berlitz-Sprachschule, rede mit der Direktorin, die sofort selbst mitkommen möchte und mir einen kubanischen Mitarbeiter der Schule vorstellt. Ohne lange Worte zu machen, lege ich ein Video vom Paddeln auf Tenerife ein und erkläre ihm alles Weitere. Übertriebene Begeisterung füllt den Raum, er muss aber noch mit seiner Frau reden. Gleich morgen sagt er mir Bescheid.

Ebenfalls am selben Tag rufe ich den Geschäftsführer eines Kanugeschäftes an.

„Ich brauche ein superschnelles Seekajak mit einer guten Sitzschale, auf der mir nicht nach drei Stunden schon der Hintern einschläft, und ein Paddel, das leicht wie eine Feder ist. Wie sieht es aus, habt ihr etwas da?" „Komm vorbei, dann reden wir darüber."

In diesem Geschäft hoffe ich schon das richtige Paddel-Material zusammenstellen zu können.

Der kubanische Sprachlehrer meldet sich einige Tage später. Alles klar. Er kommt mit. Seine Frau sei darüber nicht so begeistert, aber er findet die Sache toll.

Tage später reden wir über alles, rufen das spanische Fernsehen an, die uns zusagen, und die Sache kommt langsam ins Rollen.

Im Kanugeschäft finde ich das richtige Boot. Ein Spezialpaddel – durch den Norweger Rasmussen entwickelt, der ebenfalls ein bekannter Kajakspezialist war – schafft mir der Verkäufer herbei.

Vier Wochen vor meiner Ankunft auf Tenerife wird mein Kajak nach Tenerife verschifft. Bis zu meinem Abfahrtstermin geht es in die Alpen zum Wildwasserpaddeln.

Die Tage vergehen schnell, und nicht mehr lange hin, werde ich wieder auf Tenerife, der Insel des ewigen Frühlings, sein.

Ich steige aus dem Flugzeug. Ein starker, aber warmer Wind weht. Als ich den kanarischen Boden respektvoll betrete, begrüße ich die Insel und bitte sie, mir bei meinem Vorhaben zur Seite zu stehen.

Mit einem Taxi gelange ich dann nach Los Cristianos. Roque, der kubanische Sprachlehrer, ist einen Tag vor mir angekommen. Wir wollten uns in einem Hotel treffen. An der Rezeption frage ich nach ihm. „Ich würde ihn gerne sprechen. Könnten Sie so freundlich sein und Bescheid geben, dass ich angekommen bin?“ Die Dame an der Rezeption nimmt das Telefon und wählt eine Nummer. Es nimmt niemand ab. Ich frage sie, ob der Zimmerschlüssel da sei. „Nein, hier hängt keiner.“ „Ich bitte Sie, es noch einmal zu versuchen.“ Und dann meldet sich jemand. „In der Rezeption ist ein Herr, der möchte Sie sprechen“, und zu mir gewandt: „Er kommt sofort, soll ich Ihnen ausrichten.“ „Danke schön.“ Ich checke mich für eine Nacht ein und warte vergebens auf Roque. Dann versuche ich noch einmal, ihn über die Rezeption zu erreichen. Er meldet sich sofort. Ich trage meine Sachen auf mein Zimmer und warte dann im Foyer des Hotels. Endlich kommt er die Treppe heruntergelaufen. „He, was ist los? Geht es dir nicht gut?“ Es geht ihm gut, aber die Hitze ist er nicht mehr gewohnt. Ich muss lachen. „In welchem Land bist du geboren? Lass uns auf die Terrasse gehen und einen Kaffee trinken.“ Ich bestelle mir einen Kaffe und er sich ein Bier. Dann sage ich, dass es in den nächsten Tagen viel zu tun gäbe. Daraufhin bekomme ich zur Antwort, dass er gestern schon viele Leute auf der Insel kennen gelernt habe und heute Morgen todmüde ins Bett gefallen sei.

„Ist ja toll, aber wir müssen jetzt genau planen, da wir wirklich noch viel zu tun haben." Ich schlage mein Heft auf und beginne vorzulesen. Kurz darauf schläft er ein. „He, wach auf, dass ist keine Schlafstunde!" „Uwe, ich muss mich noch einmal hinlegen. Wir können am Abend über alles reden." Er steht auf und geht. Na super, das fängt ja gut an! Ich bin sauer und werde ihm sagen, dass es so nicht geht. Wenn er keine Lust hat, dann soll er es sein lassen. Er kann doch so viel feiern wie er will, aber Arbeit ist nun mal Arbeit und kein Zeitvertreib.

Ich gehe zur Telefonzelle.

„Hallo, George, Uwe hier. Ich bin in Los Cristianos und komme morgen mit einem Kollegen nach Bajamar." „Wunderbar, Uwe." „Ich brauche zwei Schlafplätze. Kannst du mir dabei helfen?" „Natürlich. Es steht noch eine kleine Wohnung von mir frei, die könnt ihr haben." „Prima, ich bin morgen Mittag da." „Komm vorbei, ich werde warten. Bis dann."

Als Nächstes rufe ich die Reederei an. „Guten Tag, mein Name ist … Wollte fragen, wann ich mein Kajak, das von Hamburg kommt, abholen kann?" „Ja, es liegt hier." „Ich würde dann übermorgen kommen." „Kommen Sie bitte am Vormittag. Ich werde da sein. Vergessen Sie die Unterlagen nicht." „Geht in Ordnung."

Dann gehe ich in ein Reformhaus. Ein Bekannter arbeitet dort. „Hallo, wieder im Lande?" „Ja, bin wieder hier. Wie geht es so und wie geht es Robert?" „Von Robert habe ich lange nichts mehr gehört", bekomme ich zur Antwort. „Schade. Weißt du, wo er steckt?" „Hat sich in den Bergen verkrochen und ein Haus gekauft. Vielleicht schreibt er ein neues Buch."

Robert hatte ich mal durch Tom kennen gelernt. Er wollte sich unbedingt mit mir unterhalten, da er von meiner ersten Inselumrundung gehört hatte. Wir trafen uns und dabei erfuhr ich, dass er ein Buch über natürliche Nahrung geschrieben hatte. Ich las es und fand es sehr interessant. Anschließend lebte ich vier Monate nur von Wasser und Früchten. Ich wusste, dass es verrückt ist, wollte es aber trotzdem ausprobieren. Das Ergebnis – überaus erstaunlich. Bevor ich begann, trieb ich sehr viel Ausdauertraining. Mir war klar, dass ich einen hohen Gewichtsverlust haben würde und sich das auf meinen Kreislauf niederschlagen könnte. Und dann begann ich mit der neuen Ernährung.

Meine Haut färbte sich rosa und duftete wie eine Nektarine. Putzigerweise roch ein Pups lecker, wie nach wilden Früchten. Die Haare wurden seidenweich und glänzten. Nachts brauchte ich nur wenig Schlaf. Die Sinne wurden schärfer und meine gesamte Persönlichkeit änderte sich. So eine Art Glückshormone breiteten sich in meinem Hirn aus. Aber dann kam ich ins „normale Leben“ zurück und war für meine alte Umwelt nicht mehr gesellschaftsfähig, zumal ich in dieser gesamten Zeit keinen Alkohol trank. Nun war Schluss mit lustig.

Einmal besuchte ich einen Freund in seiner Kneipe. Dort waren zahlreiche Fotoaufnahmen von mir ausgestellt und hingen an der Wand. Ich bestellte mir ein Mineralwasser. Zum Vorschein kam ein Bier. „He, ich hatte ein Mineralwasser bestellt.“ Es bereitete mir große Mühe, es zu bekommen. Kurz darauf trat eine junge Dame ins Lokal, die sich die Fotos anschaute. Sie fragte, wer der Fotograf sei. „Der sitzt hier.“ „Oh, darf ich mich zu Ihnen setzen?“ „Gerne“, sagte ich und wir kamen ins Gespräch. Sie trank Rotwein und mir wurde wiederum ein Bier aufgetischt. Nach drei kleinen Bieren klopfte er mir auf die Schulter und sagte: „Jetzt hast du deinen alten Glanz wieder“, und freute sich wirklich darüber. Ich war erschrocken.

„Falls du Robert siehst, viele Grüße von mir.“

„Ich brauche dann noch zwei Beutel Govio. Einmal Gelée Royal vom Imker, Müsliriegel, Kakaopulver und Holundersaft.“ „Holundersaft haben wir nicht.“ „Das ist dann alles. Danke sehr.“

„Bleibst du in der Gegend?“ „Nein, ich fahre morgen nach Bajamar.“ „Dann lass es dir gut gehen. Danke und Wiedersehen.“

Ich gehe zum Hotel zurück, bringe die Sachen auf mein Zimmer, kaufe mir eine Zeitung und laufe zum Strand. Dort blättere ich in der Zeitung und mache mir noch ein paar Notizen, was noch zu erledigen war. Am Strand spielen Jugendliche Volleyball. Es sind wenig Touristen zu sehen. Die Sonne färbt sich rot und ich trete den Rückweg an.

Im Hotel bekomme ich meinen Zimmerschlüssel und einen Zettel ausgehändigt. Darauf steht: „Entschuldige bitte wegen heute Nachmittag. Wenn du zurück bist, melde dich doch bitte bei mir." Ich gehe direkt in die Richtung meines Zimmers, doch dann treffe ich Roque auf dem Gang.

„Na, ausgeschlafen?" „Noch nicht ganz, aber es geht mir schon besser." „Das ist die Hauptsache." „Was hast du vor, Uwe? Wir könnten etwas essen gehen. Der Leihwagen, den ich besorgen sollte, steht vor dem Hotel." „Gut, ich kenne ein nettes Lokal. Lass uns gleich aufbrechen. Ich habe einen Bären-Hunger."

Wir fahren zu einem netten Lokal. Das Essen ist ausgezeichnet. Es wird spät und wir kehren zurück.

„Bis morgen dann."

Ich wähle absichtlich den Weg nach Bajamar über die Berge, Richtung Teide. Als er das sieht, ruft er: „Ist das toll hier, hätte ich nie gedacht!" Unterwegs halten wir oft an, und ich erzähle ihm, was ich über die Insel weiß. Die Natur blüht in allen Farben. Er freut sich wie ein kleines Kind und kennt erstaunlich viele Pflanzen.

„Wir müssen jetzt weiter, George wartet in Bajamar auf uns."

Es ist ein traumhafter Tag. Der Himmel leuchtet blau, die Luft ist glasklar und rein. Dann geht es bergab und es dauert einige Zeit, bis wir in Bajamar eintreffen.

„Hallo, George, darf ich vorstellen, das ist Roque, er kommt aus Kuba." „Da war ich noch nicht, aber es soll dort sehr schön sein. Du kannst George zu mir sagen, Roque." Die beiden verstehen sich auf Anhieb.

„Ich zeige euch die Wohnung und dann gehen wir zur Begrüßung etwas trinken."

Gemütlich sitzen wir im Café, George und Roque probieren einige Getränke durch, und beide werden immer lebhafter. Georges Zunge wird immer schwerer. „Männer, bis gleich, ich schaue kurz zum Meer hinunter“, mit diesen Worten trenne ich mich von ihnen.

„Hallo, Meer, da bin ich wieder! Wie geht es dir? Gestern vergaß ich dich zu begrüßen, meine Gedanken waren noch ganz woanders. Ich möchte es noch einmal versuchen. Bitte stehe mir bei.“

Lange sitze ich am Wasser. Ich stehe auf und kaufe mir einige Früchte beim Gemüsehändler. Er kennt mich noch als guten Kunden. Dann fragt er mich, wo mein Kajak sei. „Das hole ich morgen.“

Ich kehrte zurück ans Meer.

Gedanklich gehe ich die Strecke durch, die ich bald paddeln würde. Gleich morgen teste ich das Boot. Mal schauen, wie es sich auf dem Meer paddeln lässt. Es ist viel länger und schmaler als das vorherige.

Bekanntlich macht Länge Geschwindigkeit. Da das Boot schmaler ist, wird die Wasserverdrängung nicht so hoch, und der Widerstand verringert sich. Dadurch spare ich Kraft und bin schneller unterwegs. Mein Karbon-Paddel ist federleicht. Es ist einige Zentimeter kürzer als jenes, das ich vor vier Jahren benutzte. Die Paddelflächen sind an den Kanten in sich geformt, damit das Wasser an den Seiten nicht entweichen kann und einen hohen Paddeldruck erzeugt. Plastisch gesehen, könnte man sich das folgendermaßen vorstellen: Ich liege im Wasser und ziehe mich an einem stumpfen Seil entlang. Man hat einen guten Griff und kann seine gesamte Kraft umsetzen. Das wäre in unserem Fall das geformte Paddel. Mit einem gewöhnlichen Paddelblatt verhält es sich anders. Das Seil ist voller Schmierseife, ich fasse fest zu, rutsche aber. Ich kann mich noch so anstrengen, der Effekt wird nicht der gleiche sein wie am stumpfen Seil. Dort bin ich eindeutig schneller, besser unterwegs. Das kürzere Paddel verfügt weiterhin über Vorteile: Das längere Paddel hatte größere Außenhebel. Es lässt sich viel schwerer durchs Wasser ziehen. Verkürzt sich das Paddel, werden die Paddelschläge leichter. Die Schlagfrequenz kann erhöht werden. Damit hat man die Chance, die Impulse schneller hintereinander entstehen zu lassen, der Kraftaufwand wird dadurch geringer und man hat trotzdem guten Vortrieb. Über eine längere Distanz verhält es sich ungefähr so wie bei einem Radsportler. Über eine Längenstrecke von einhundert oder zweihundert Kilometer werde ich nie durchweg mit dem kräftemäßigen schweren Gang über die lange Strecke kommen. Irgendwann werden die Beine dick und es geht nicht mehr weiter. Das soll nur ein ähnlicher Vergleich sein.

Ich gehe wieder zurück zu den beiden, die noch gemütlich beisammensitzen. „Uwe, gibt es etwas zu tun?“, fragt mich Roque. „Nein, heute nicht mehr, ich werde in die Wohnung gehen und noch ein paar Sachen erledigen.“

Dort packe ich meinen Seesack aus und mache mir noch Notizen auf der Karte. Bis in die Wohnung höre ich George und Roque lachen. Die zwei passen zusammen wie die Faust aufs Auge.

Dann liege ich auf meinem Bett und komme aus dem Grübeln nicht heraus, tausend Gedanken kreuzen sich. Wir haben noch kein Beiboot, von dem aus die Filmaufnahmen entstehen sollen. Das Fernsehen besitzt keines für diese Zwecke. Es wird schwer werden, jemanden zu finden, der mich begleitet. Morgen werden wir das Kajak holen, dann gehe ich paddeln, und am Abend fahren wir nach Puerto de la Cruz und reden mit den Fischern. Da wird sich doch jemand finden, oder? Ich schlafe ein und wache erst nach längerer Zeit wieder auf. Draußen ist es schon dunkel. Wie spät wird es sein? Mein Magen knurrt erheblich. Mal schauen, was es gutes zu essen gibt. Roque sitzt mit einigen Einheimischen vor dem Lokal, sie unterhalten sich und rufen: „Hallo“, als ich zu ihnen trete. „Ist noch ein Platz frei?“ „Natürlich. George hat sich kurz schlafen gelegt“, sagt Roque. „Er kommt aber wieder, möchte noch mal mit dir reden." „Ich habe großen Hunger. Hast du schon etwas gegessen?" „Ja, vorhin, aber ich könnte noch eine Kleinigkeit vertragen." Wir lassen uns die Speisekarte reichen.

Ich sehe George über die Straße laufen, er kommt direkt zu uns herüber. „War noch etwas Blumen gießen. Uwe, Heda und Tom haben angerufen, du hattest ihnen meine Telefonnummer gegeben, sie lassen dich grüßen und wünschen dir viel Glück." Leider sind sie immer noch unterwegs, wissen nicht genau, wann sie nach Tenerife zurückkommen. Tom hat Kajaks gebaut, wird sie aber nicht los, und Heda wollte ein Studium beginnen. Im Hochsommer sind beide wieder da."

Die Zeit vergeht, wir plaudern über viele Dinge und ich sehne mich nach meinem Bett und Ruhe.

Am nächsten Morgen holen wir das Boot. Es ist vorzüglich eingepackt, die Reederei hat sich große Mühe gegeben. Wir laden das Boot aufs Auto und fahren nach Bajamar. Dort packe ich es aus, George steht neben mir und ist sehr gespannt. Dann ist es so weit. „Na, was sagst du, George?" „Schick, aber es sieht so schmal aus, die rote Farbe gefällt mir, auch das Glitzern am Oberdeck." „Ich weiß selber noch nicht, wie es sich auf dem Meer verhält. Hauptsache, es ist schnell und ich sitze bequem."

Ich schaue hinüber zum Meer. Was ist das? Wieso sind die Wellen so hoch, wir haben Anfang Juni. Erschrocken laufe ich zur Mole und stelle fest, mit dem Kajak darf ich auf keinen Fall aufs Meer, die Wellen überschlagen sich mächtig hoch. Damit habe ich in dieser Jahreszeit nicht gerechnet. George unterbreitet den Vorschlag, nach Punta de Hidalgo zu fahren. Dort gibt es einen kleinen geschützten Fischerhafen, an dieser Stelle sei es möglich, das Boot einzusetzen.

Dort paddle ich hinaus aufs Meer, die Wellen bewegen sich hoch, überall knackt es am Boot, als würde es jeden Moment auseinanderbrechen. Mein anderes Boot bestand aus Polyethylen, dieses ist aus Kunststoff mit Glasfieber verhärtet. Ich drehe um, fahre zurück und steige verwirrt aus. George und Roque meinen, ich sei so schnell wie ein Pfeil gewesen. „Wir haben dich nach kurzer Zeit nicht mehr gesehen." „Ja, das Boot ist sehr schnell, aber es knackt an allen Stellen, ich dachte schon, es fällt mir auseinander." George meint gelassen: „Das Boot ist neu, das ist normal, wenn das Material öfter beansprucht wird, vergeht das." „George, du hast Recht, das sind die Spannungen am Boot." Sofort paddle ich raus aufs Meer, das Knacken ist weiterhin zu hören, aber das Seekajak ist schnell wie der Blitz. Dann drehe ich im Kreis, um festzustellen, wie es auf Seitenwellen, Wellen von vorn und hinten reagiert. Ausgezeichnet, ich stelle keine Nachteile fest, erleichtert paddle ich an Land.

Wir bringen das Boot nach Bajamar. Ich bin froh über die richtige Entscheidung bezüglich des Materials und habe mich schon mit den neuen fahrtechnischen Eigenschaften angefreundet. Roque und ich fahren nach Puerto, um mit dem Fischer zu reden.

Unweit vom Hafen befindet sich eine Hütte, in der sie sich treffen oder von der schweren Arbeit ausruhen, um dann wieder aufs Meer zu fahren. An der Eingangstür steht jemand. „Guten Abend, wir wollen mit einem ‚Oberfischer reden." Der Mann fragt uns, worum es ginge. „Das können wir nur in Ruhe bereden, aber es ist wichtig." „Hm, mal sehen, ob der Chef Zeit hat. Wartet hier, ich frage nach." Kurz darauf heißt es: „Ihr könnt hineinkommen." An einem uralten Tisch sitzt ein Mann. Der Raum ist dunkel und stickig. „Was wollt ihr?", fragt er. In diesem Moment tauchen hinter uns noch andere Männer auf, die ich vorher überhaupt nicht bemerkt hatte. „Wir brauchen ein Begleitboot." „Wozu?" „Das kann man mit zwei Sätzen nicht erklären." „Kommt her und setzt euch hin, aber macht schnell, wir müssen noch aufs Meer hinaus." Roque und ich wirken wie zwei Kleinkinder an der Seite dieses Mannes. Es läuft alles wie im Film ab. Die Kulisse stimmt, uralte Gegenstände stehen und hängen herum, es riecht penetrant stark nach Fisch und der Mann uns gegenüber ist der reinste Fleischberg und seine Stimme rau wie Sandpapier. „Also, fangt an." Da mein Spanisch eher lückenhaft ist und ich den Raum nicht als Fischmehl verlassen möchte, wenn ich etwas Falsches sage, muss Roque mir helfen. Ich rede und er übersetzt meine Worte.

Dann beginnen wir auf diplomatische Weise alles zu erklären und er meint dazu: „Vor einigen Jahren gab es schon einmal so einen Verrückten, der um die Insel gepaddelt ist.“ Ohne dass ich ein Wort zu dieser Einschätzung verlor, wies Roque ihn darauf hin, dass ich das damals gewesen bin. Am liebsten wäre ich im Boden versunken. „Was, du warst das?“, ruft er aus, „Wir haben davon gehört.“ Gleich darauf gab er den Männern ein Zeichen, die noch in der Ecke standen und uns unverwandt musterten. Was passiert jetzt?, dachte ich mir. Einige Sekunden später standen drei volle Rotweingläser auf dem Tisch. Salute.

Das erste Glas wurde auf ex getrunken.

„Also, noch einmal ganz langsam, was habt ihr vor?“ Roque erklärt, und der Fischer hört geduldig seinen Worten zu. „Was, vierundzwanzig Stunden mit einem Kajak um die Insel Teneriffe? Wenn du sechzig brauchst, bist du schon schnell.“ Das konnte nicht stimmen, da ich meine Zwischenzeiten von der letzten Tour kannte. Es fehlte zwar ein Stück, welches ich ausließ, aber ich brauchte dafür insgesamt vierundzwanzig Stunden. Wie kommt er auf sechzig? Unsere Diskussionsrunde wird damit eröffnet und unsere Stimmen erklingen lauter, kräftiger und durcheinander. Er spricht ständig davon, dass es unmöglich sei. Ich rede über zwei Etappen, die theoretisch zu schaffen wären. Er entgegnet wieder: „Es geht nicht, es funktioniert auf keinen Fall. Du kannst zwei Tage hintereinander nicht so viel Glück haben mit dem Wetter.“ Ich sage ihm: „Ich behaupte ja nicht, dass ich es schaffen werde. Ich will es versuchen, das ist ein entscheidender Unterschied.“ Die Gläser klingen, füllen sich mit neuem Wein, der einen ausgesprochenen herben Geschmack besitzt und Roque schon zum Würgen brachte. Wir kommen nicht weiter. Er will einfach nicht wahrhaben, dass es vielleicht doch klappen könnte. Ihm selber wäre es zu gefährlich, von ihm würden wir kein Boot bekommen. Warum sollte er Recht behalten? Ich spüre seinen riesengroßen Respekt vor dem Meer.

„Du wirst schwer jemanden finden, der dich begleitet, mein Junge“, sagte er zu mir, „such dir ein Mädchen und trinke Wein, da hast du mehr davon.“

Wir bedanken uns herzlichst und verlassen etwas missgestimmt die Hütte.

Dann fängt Roque noch an: „Meinst du nicht, dass er Recht hat, sollen wir die Sache nicht einfach vergessen?“ Das ärgert mich dermaßen, und ich dachte, er braucht eine Lektion. „Ich bin hier und werde es versuchen und lasse mich von meinem Vorhaben nicht abbringen!“ „Komm mal mit, ich zeige dir etwas, aber nur von außen anschauen.“ Ich führe ihn zu einer kubanischen Bar mit echten Kubanern. Seine Augen glänzen und sind voller Feuer. Ich hindere ihn daran, die Bar zu betreten, indem ich sage: „Ja, aber deshalb sind wir nicht auf diese Insel gekommen, verstehst du das?“ Wir treten sofort die Heimfahrt an.

Roque redet den ganzen Abend kein Wort mit mir, das ist verständlich. Was glaubt er, wie es in mir aussieht? Ich brauche jemanden, auf den ich mich bedingungslos verlassen kann. Ich hoffe, dass der morgige Tag besser ausgehen wird.

Auch der nächste Tag bringt keine guten Nachrichten.

Ich spreche mit George über ein Boot. Seines ist für mehrere Leute zu klein und bei schlechtem Wetter nicht sicher genug. Ansonsten wüsste er keinen, der uns helfen könnte.

Wir telefonieren mit dem Fernsehsender, der auch keinen Rat weiß. Aber wir sollen unbedingt bei ihnen vorbeikommen, da noch einiges abgesprochen werden muss. In zwei Tagen können sie uns empfangen.

Dann fahre ich zu Marco. Er hat Ärger mit seiner neuen Freundin, und die neue Wohnung macht ihm ebenfalls zu schaffen. Auf meine Frage, ob er mich bei der Inselrundfahrt begleiten würde, kann er mir noch keine genaue Zusage geben. Auch das Wetter wird immer schlechter. Es regnet und das Meer verschwindet im Nebel. Das erschreckt mich sehr, dieses hatte ich auf Tenerife noch nie erlebt.

Ich komme von Marco und möchte mit Roque sprechen. Er ist nirgends zu finden. Es regnet in Strömen. So warte ich in der Wohnung auf ihn, dann kommt er durch die Tür geschossen. „Uwe, ich habe eine Telefonnummer bekommen, im Süden gibt es jemanden, der macht es." Wir rufen dort an und sind zwei Stunden später dort.

Der Mensch faselt etwas herum und besitzt selbst kein Boot. Er ist ein erfolgreicher Geschäftsmann, und ihm geht es nur darum, wie er sich geschäftlich bei diesem interessanten, außergewöhnlichen Unternehmen einklinken kann.

„Hier geht es nicht um Geschäfte oder schnelles Geld, wir brauchen ein Beiboot. Was meinen Sie, warum wir extra in den Süden gekommen sind?"

Der Typ ist so gierig und redet von Dingen, von denen er überhaupt nichts versteht, aber Geld soll verdient werden, egal wie. Ich sage: „Danke für diesen schönen Nachmittag", und füge hinzu, dass er mir nie wieder über den Weg laufen solle, da wir von seinem Gehabe die Nase voll hätten.

Roque fährt das Auto zurück. Im Norden regnet es unaufhörlich. Das Wetter schlägt aufs Gemüt, und ich schlafe ein. Als ich aufwache, sagt Roque zu mir: „Uwe, wir werden ein Boot bekommen, das verspreche ich dir, da gebe ich mein Ehrenwort darauf." An diesem Tag komme ich nicht mehr zum Paddeln.

Tags darauf fahren wir alle Häfen ab. Von San Andrés bis Radazul, Poris de Abona, Las Galletas, Los Cristianos weiter nach Los Gigantes. Ich will noch weiter bis Garachico, aber wir kehren um. Spät abends falle ich todmüde ins Bett, kein Paddeltag, und meine Spannkraft platzt wie eine Seifenblase.

Am darauf folgenden Morgen wache ich auf und spüre, dass es mir nicht gut geht. Ich habe starke Magenschmerzen, fühle mich schlapp und ausgelaugt. Die Erkältung, die ich eine Woche zuvor in den Alpen kurierte, kehrt zurück, und die gesamte Aufregung der letzten Tage drückt mich nieder. Mein Befinden ist dermaßen schlecht, dass ich liegen bleiben muss und auch keinen Bissen essen kann. Den ganzen Tag über schlafe ich.

Am nächsten Morgen öffne ich die Augen und mir ist mulmig zumute. Sollte die Inselumrundung doch nicht stattfinden? Alle Anzeichen sprechen dafür. Ich schaue zum Fenster, der Himmel strahlt herein. Zeit aufzustehen, doch mein Körper sagt: „Nein!"

Um zehn Uhr treffen wir beim Sender ein. Man vertröstet uns auf vierzehn Uhr. Dann noch einmal auf sechzehn Uhr. „Sind alle auf Sendung", gibt man uns zu verstehen. „Kommt morgen wieder." Halbtot falle ich ins Bett, und mein Zustand verschlechtert sich sprunghaft. Alles kreist um mich herum, ich bekomme Fieber.

Roque ruft morgens beim Sender an. Ich sage ihm, er solle auf keinen Fall mein Befinden erwähnen.

„Uwe, um vierzehn Uhr müssen wir dort sein."

Zwanzig Minuten nach der vereinbarten Zeit erscheint die Redakteurin. „Ich bitte vielmals um Entschuldigung wegen gestern." Keiner sagt einen Ton. „Wir kennen uns ja bereits." Sie schaut mich dabei an. Ich überlege, wie man in vier Jahren so viel an Gewicht zulegen kann, und bin darüber etwas traurig. Zu viel Stress? In sie hatte ich mich damals fast ein wenig verliebt. Bin ich deshalb wiedergekommen? Blödsinn! Aber die nette Ausstrahlung besitzt sie immer noch. „Sind die anderen auch wieder mit dabei?", fragt sie und meint damit Tom und Heda. „Nein, dieses Mal begleitet mich Roque", und er übersetzt in charmanter Art. „Woher kommst du?" „Aus Kuba." „Da fehlt noch etwas, Roque, ‚…und wohne in Magdeburg'. Du wohnst mit deiner Familie in Magdeburg, und ich bin dort in der Nähe geboren, genauer gesagt in Oschersleben an der Bode."

„Und wie gefällt es dir auf Tenerife?" „Sehr gut, ich habe bereits eine Menge gesehen und bin fasziniert von der Schönheit dieser Insel." „Das freut mich sehr", antwortet sie.

„Die Redaktion hat folgenden Vorschlag: Wir filmen dich beim Training mit anschließendem Interview. Dann müssten wir noch unbedingt erfahren, wann du um die Insel paddelst. Vielleicht bekommen wir einen Hubschrauber, aber ich kann das nicht versprechen. Um das Boot müsst ihr euch kümmern. Es könnte auch sein, dass jemand ständig vom Land aus filmt." Ich bin überrascht, das wäre einmalig, damit habe ich nicht gerechnet. Es könnten außergewöhnliche Aufnahmen entstehen. Genau das wäre doch mein eigentliches Ziel! Sollte sich doch mein großer Traum erfüllen? Ich fühle mich sofort besser und würde am liebsten beide gleichzeitig umarmen, doch ich lasse mir nichts anmerken und bleibe ganz locker.

„Morgen könnten wir dich beim Training filmen, was hältst du davon?" „Geht es auch einen Tag später", frage ich. „Da muss ich erst einmal nachfragen. Was denkst du, wann du starten wirst?" „Etwa in einer Woche." „Gut, dann schaue ich nach den Terminen, bis gleich." Nach zehn Minuten ist sie wieder da und die Termine werden festgelegt. „Also, dann bis übermorgen am Playa de las Teresitas." Wir verabschieden uns, sie wünscht mir noch gutes Gelingen beim Training und ich kann den Tag kaum erwarten.

Am gleichen und am nächstfolgenden Tag komme ich ebenfalls nicht zum Trainieren. Mein Zustand verschlechtert sich, ich liege im Bett und mich fröstelt. Mein Körpergewicht hat sich mindestens um fünf Kilogramm verringert. Roque ist schon ganz verwirrt. „Es hat schon schlimmere Zeiten gegeben", tröste ich ihn. „Morgen fahren wir zu den Trainingsaufnahmen und dann schauen wir weiter, ich brauche nur etwas Ruhe, dann wird es wieder besser."

Roque ist ganz aufgeregt wegen des Interviews. „Mann, bleibe ganz ruhig, ich rede und du übersetzt, musst nicht einmal vor der Kamera stehen." „Wieso das? Ich dachte, ich komme ins Fernsehen!" „Na ja, wenn du mir hilfst, mein Boot zu tragen, dann schon." „Ich bin doch dein Manager, eine wichtige Person." „Das sind wir alle, jeder hält sich für wichtig, selbst die, die mir ab und zu einen Gruß vom Magistrat schicken." „Wer soll das sein?" „Na, die immer die Strafzettel verteilen."

Wir befinden uns am Strand. Aus einer Imbiss-Bude ertönt Musik. Roque steht unter einer Palme und beginnt zu tanzen. Er fühlt sich gleich wie zu Hause, Sonne, Strand und Meer. Die anwesenden Leute klatschen vor Begeisterung. Ich sehe und staune, das kann er aber wirklich gut. „Oh, ich vergaß es zu sagen, ich bin hauptberuflich Tanzlehrer, die Sprachkurse mache ich nur nebenbei.“ Hatte ich es mir doch gedacht, der Junge will nur eines – Spaß.

Gestern Abend stand er unter meinem Fenster und brüllte den ganzen Ort wach. Ich sollte hinunterkommen, er hätte eine Argentinierin kennen gelernt, die aber besser zu mir passen würde. Er sei schon verheiratet, was kein Grund, aber ein Hindernis wäre. Er hatte von mir erzählt, und da sie Naturburschen mochte, wollte sie mich kennen lernen.

„Wir gehen heute noch tanzen und wenn du nicht gleich kommst, fahren wir los.“ Schweißgebadet und mit letzter Kraft schleppte ich mich zum Fenster und fragte ihn, ob er noch alle Tassen im Schrank hätte. Witzigerweise sagte er, dass eine fehlte und er würde sich gleich morgen darum kümmern, aber nun sollte ich sofort hinunterkommen, sonst würden wir die Abfahrt verpassen. Je länger er dastand, umso hektischer lärmte er. Ich schleppte mich zum Bett, und das Spektakel begann von vorn. Die Nachbarn hielten das Getöse nicht mehr aus, und einer schrie, er solle sofort verschwinden. Keine Ahnung, wann er zurückkam.

Ich lade mein Boot vom Auto ab. Roque leidet scheinbar an einem Tanztrauma. Er ist völlig in die Musik versunken und nimmt nichts aus der Außenwelt wahr.

„Du, ich gehe paddeln, in einer Stunde kommt das Filmteam.“ Nach zwanzig Minuten breche ich die Paddel-Tour ab. Es hat keinen Sinn, nichts geht, ich werde mich lieber ausruhen, bis das Fernsehteam da ist. Wo ist Roque? Nichts ist von ihm zu sehen. Unter der Palme im Schatten werde ich warten. Irgendjemand ruft da ständig. Wo kommt das her? Da wieder. Ein Rufen und ein Klagen. Ich stehe auf und schaue mich nach allen Seiten um, entdecke aber nichts. Da am Berg rollen Steine herunter, ich glaube zu träumen. Roque hängt zwischen den Felsen! Schnell laufe ich hinüber. Er brüllt wie am Spieß. „Was machst du da oben?“ „Ich habe die Kamera im Auto entdeckt und da wollte ich von hier oben filmen.“ „Komm sofort runter, die Filmleute können jeden Moment eintreffen.“ „Nein, ich trau mich nicht.“ „Na, dann bleibe oben. Falls du doch runter kommst, passe ja auf meine Kamera auf.“ „Wo willst du hin, Uwe?“ „Ich gehe, was sonst?“

„Das halte ich nicht mehr länger aus.“ Dann höre ich wieder rollende Steine. Bloß nicht umdrehen, noch ist kein Schrei zu vernehmen, er wird es schaffen.

„Wie siehst du denn aus? Du bist ja völlig zerkratzt.“ „Ich wollte vom Berg aus einige Filmaufnahmen machen, aber dann bekam ich es mit der Angst zu tun.“ „Lass gut sein, Roque, ich weiß, dass du es gut gemeint hast.“

Ich ziehe ein frisches T-Shirt an, es ist rot wie mein Boot. Dieses werde ich bei der Umrundung tragen. Auf der Brustseite ist ein Stier zu sehen. Roque, der Kubaner, meint, es wäre gut, das Shirt zu tragen. Er weiß mehr, als ich ahne. Je näher der Tag der Umrundung kommt, umso rätselhafter wird er für mich.

Dann sehe ich die Fernsehleute kommen. Wir begrüßen uns, sprechen den Ablauf durch und beginnen sofort.

Ich paddle hinter einer großen Mole auf das Meer hinaus, auf dieser steht der Kameramann. Nun soll ich hin und her fahren und Tempo machen. Ich paddle, so schnell ich kann, meine Arme werden fester und ich verkrampfe. Nein, bitte nur das nicht! Ich sprinte einmal und dann noch einmal. Viele Menschen schauen zu und ich bemühe mich, dass das Kamera-Team nicht bemerkt, dass ich durch die Erkältung mit meiner Kraft am Ende bin.

Bei der letzten Runde übernehme ich mich. Durch die intensive Anstrengung bekomme ich starke Schmerzen im Hodenbereich. Meine Zähne schmerzen ebenfalls. Noch eine Fahrt hätte ich nicht durchgestanden. Der Aufforderung, zum Strand zurückzukehren, komme ich sofort nach.

Meine Schmerzen bleiben, trotzdem versuche ich, alles zu ertragen. Tränen laufen über mein Gesicht. Es haben sich bereits viele Menschen am Strand versammelt, angelockt durch das Fernseh-Team. Ich schließe meine Augen und versuche mich zu konzentrieren:

Ich spüre und sehe gedanklich meinen Körper.
Er ist ruhig, entspannt und unbeweglich.
Ich spüre und sehe gedanklich mein Gesicht.
Es ist ruhig, entspannt und unbeweglich.
Ich liege auf einer Wiese.
Sie ist weich und warm.
Ich sehe bunte duftende Blumen.

Völlig ruhig öffne ich wieder die Augen.

Am Strand steige ich aus und trage mein Boot, wie verabredet, den Strand entlang auf den Kameramann zu. Das Gehen fällt schwer, ich lasse mir aber nichts anmerken, und schon beginnt das Interview. Roque muss hinter der Kamera stehen. Das gefällt ihm gar nicht. Dann stellen sie ihre Fragen. Warum ich noch einmal um die Insel paddle? In welcher Zeit ich es schaffen will? Von wo aus ich starte? Und vieles mehr.

Mir wird viel Glück gewünscht, und das Gespräch ist vorerst beendet. Nun noch einige Aufnahmen vom Seekajak, und einige Zuschauer bitten um ein Autogramm. Auch Roque soll unterschreiben, schließlich ist er ja mein Manager. Er strahlt vor Freude, führt intensive Gespräche und sieht alles sehr optimistisch. Die Vorbereitungen sind bald abgeschlossen, und dann geht es los.

Mit dem Fernsehteam unterhalten wir uns noch eine Weile, dann trennen wir uns, sie eilen zum nächsten Termin.

„Du, Roque, ich gehe noch einmal paddeln, hilf mir das Boot zu tragen.“ Ich erzähle ihm mit keinem Wort, wie es mir geht.

Auf dem Wasser versuche ich mich etwas lockerzupaddeln. Dann kehre ich zurück, und Roque ist wieder verschwunden.

Auf dem Berg wird er wohl nicht sein. Er steht am Imbiss, trinkt gemütlich ein Bierchen, plaudert und lässt es sich gut gehen.

Wir fahren nach Bajamar, dort trifft sich Roque mit George. Ich gehe sofort ins Bett.

Die Tage vergehen und die Hoffnung auf ein Begleitboot schwindet ebenfalls. Das Kajak liegt in dieser Zeit still in der Garage.

Am nächsten Tag fahren wir nach Medano. Ich will unbedingt an diesen Ort und nehme das Kajak vorsichtshalber mit. Mal sehen, ob ich heute paddeln kann. Ich sitze am Strand und schaue aufs Meer. Roque ist bei den Surfern ein Bier trinken. Nach längerer Zeit kommt er zurück. „Du, Roque, ich gehe paddeln." Für eine Stunde bin ich dann verschwunden. Roque steht auf einem Berg und schaut aufmerksam zu.

Am Abend gehen wir essen. In der Nähe finden wir ein gutes Lokal. Wir setzen uns neben einen Springbrunnen. Springbrunnen bringen mir Pech.

Es dauert nicht lange, da streiten Roque und ich, dass Essen ist der Aufhänger.

Roque bestellt sich Ziege und bekommt Ziegenbock. Ein riesiges Spektakel entsteht, er streitet mit dem Kellner, und dann streiten wir uns. Genervt verlassen wir das Lokal. Im Auto setzen wir unseren Streit fort. Was hat er nur gegen mich? Ständig trinkt er und erzählt mir Legenden oder Weisheiten aus Kuba, dabei versucht er mir geschickt ein schlechtes Gewissen einzureden. Warum? Was habe ich getan? Bin ich etwa ein schlechter Mensch, weil ich nicht lustig bin? Ein Begleitboot haben wir noch immer nicht bekommen, meine Nerven sind am Ende.

In Bajamar läuft uns die Argentinierin über den Weg.

Heute Abend ist ein großes Fest in La Orotava, wir haben mitzukommen, keine Widerrede sei geduldet. Es ist das Fest der jungen Leute. Was soll ich denn da? Weiß sie, wie alt ich bin? Ich bin zwar noch nicht verstaubt, aber jung? Sie schiebt uns in ihr Auto, und weg sind wir. Nett sieht sie aus, aber ihr Temperament grenzt an puren Wahnsinn. Sie redet so schnell, dass ich nur noch einen gleich klingenden Ton vernehme. Ihre Bewegungen, wie bei einem Karatekämpfer. Kommt man zu dicht an sie heran, besteht die Gefahr, sich sämtliche Knochen zu brechen. Und dann beginnt das Schärfste. Nicht nur, dass sie wie eine Irre Auto fährt, trinkt sie auch noch Bier dabei und öffnet den Dosenverschluss mit den Zähnen. Die leeren Dosen fliegen zu mir auf den Rücksitz. Gelegentlich trifft mich eine, aber das stört sie nicht. Allmählich verschwinde ich unter den leeren Bierbüchsen. Hoffentlich sind wir bald da. Und diese junge Dame war also für mich bestimmt? Schönen Dank! Das überlebt selbst ein Naturbursche nicht. Nachdem der erste Durst gelöscht ist, kommen die ersten Kippen geflogen. Das glaubt mir kein Mensch, ich will hier raus!

Die Argentinierin verlieren wir beim Fest sofort aus den Augen. Sie kennt viele Leute und entschwindet in der Menge unseren Blicken. Das Fest ist prachtvoll, die jungen Menschen sind festlich mit Trachten bekleidet, überall tanzen sie und spielen Musik. Man sieht hier nur junge, überdurchschnittlich hübsche Menschen. Dann höre ich: „Schau mal, ein Blonder!"

Wir laufen bis zum Hauptplatz. So etwas habe ich noch nie gesehen:

Wir stehen an einer Stelle, von der aus man gut den gesamten Platz überblicken kann. Die tanzende Menge bewegt sich gleichförmig nach links, dann nach rechts. Die Tanzenden heben die Arme, schwenken rhythmisch zweimal nach links, zweimal nach rechts. Dann kombinieren sie die Bewegungen, die Masse jubelt und tobt.

Dann singen alle zur Musik, die Musik verstummt und die Tanzenden singen weiter. Untermalt wird das Ganze mit raffinierten Lichteffekten, aufsteigendem buntem Nebel. Leuchtkörper, die in alle Himmels-richtungen fliegen und wie tausend Sternchen funkeln, verzaubern die Nacht. Mir stockt der Atem.

Ich bekomme Gänsehaut. So ein wunderschönes friedliches Fest habe ich noch nirgendwo erlebt. Irgendwann taucht Roque wieder auf. Er bewegt sich mit professionellen Tanzschritten durch die Menschen hindurch auf mich zu. Es vergehen Stunden, bis wir das Fest verlassen. Müde und zufrieden sitzen wir im Taxi, schlafen Kopf an Kopf ein und somit wird der Abend beendet.

Roque und ich packen unsere Sachen, wir wollen heute nach Taganana, dann weiter nach Puerto, von wo aus ich meine Inselumrundung starten werde.

Roque fragt mich, was ich tue, wenn wir kein Begleitboot bekommen. „Ich paddle trotzdem und dann heißt es: Wunden lecken."

Roque erschrickt, zuckt zusammen und fragt mich, was ich eben gesagt habe. „Uwe, wiederhole das noch einmal." „Dass ich paddeln werde." „Nein, das andere." „Meinst du, Wunden lecken?" „Ja, das meine ich."

Er schaut mir tief in die Augen und wirkt nachdenklich. Und dann trifft etwas Unerwartetes ein. Roque zeigt mir ein Foto. „Weißt du, wer das ist?" Ich sage: „Nein." „Das ist unser kubanischer Gott." „Ich denke, es gibt nur unser aller Gott!"

Auf dem Bild ist ein alter Mann mit Hunden zu sehen, und dann erzählt Roque:

„Vor langer Zeit wurde unser Gott schwer verletzt, niemand half ihm, weil er alte Sachen am Leib trug. Er lag am Boden, und es ging ihm immer schlechter. Dann kamen Hunde und leckten seine tiefen Wunden. Die Hunde verließen ihn erst, als er geheilt war. Heute ist etwas ganz Merkwürdiges geschehen. Als ich meine Sachen zusammenpackte, da fiel diese Münze heraus. Das Unglaubliche daran ist, dass ich sie schon eine Ewigkeit suche. Die alte Münze ist ein kostbares Geschenk meiner Großmutter und meine Beschützerin. Eigentlich wollte ich ohne diese Münze nicht verreisen, stellte die gesamte Wohnung auf den Kopf, fand sie nicht." „Wieso hast du sie nicht bei dir getragen?" „Ich gab sie das allererste Mal aus der

Hand, dann verschwand sie." „So etwas kenne ich", sage ich. „Uwe, das ist kein Zufall." „An Zufälle glaube ich auch schon lange nicht mehr", antworte ich. „Uwe, du trägst keine Kette, keine Uhr, keinen Ohrring und hast keinen Gegenstand, der dich beschützt oder dir Glück bringen soll." „Doch, ich trage Gott in meinem Herzen." Wiederum schaut er mich an. Dann sagt er: „Ich übergebe dir diese Münze genau an dem Tag vor Beginn deiner Inselumrundung. Du musst sie bei dir tragen und darfst sie nicht verlieren. Bis dahin bleibt sie bei mir." Jetzt schaue ich ihn an. Warum sollte ausgerechnet ich dieses ehrenvolle und kostbare Geschenk bekommen?

Wir geben George den Wohnungsschlüssel zurück und bedanken uns. Zum Abschied meint er: „Jetzt habe ich schon zwei verloren gegangene Söhne."

Wir fahren nach Taganana, dort hole ich eine Karte heraus, worauf die Insel Tenerife abgebildet ist. Ich sage: „Wenn ich nicht länger als drei Stunden von Puerto bis Bajamar brauche, paddle ich weiter. Sollte ich die Zeit weit überschreiten, steige ich in Bajamar aus und beende meine Fahrt. Und schau mal, die Felsen, die im Meer stehen, sind die Beschützer der Insel. Genau an dieser Stelle habe ich den höchsten Respekt zu paddeln." Roque sieht sich die Felsen auf der Karte an. „Das gibt es doch nicht!", sagt er. „Was ist jetzt wieder?" „Das glaube ich einfach nicht!" „Was ist?" „Du, Uwe, die Felsen da tragen meinen Namen. Ich heiße so wie die Felsen." „Na und? Nach meinem Namen wurde das Ketchup benannt, FELIX Ketchup AUSTRIA, auch eine Insel und vieles mehr. Was ist so ungewöhnlich daran?" „Verstehst du nicht?" „Nein." „Ein Zeichen nach dem anderen." „Ja, ja, ja, ich werde die Felsen von dir grüßen, falls ich an ihnen entlang paddeln sollte." „Uwe, du wirst dort vorbeipaddeln und es wird dir nichts geschehen." „Ich weiß nicht mehr, was ich von all dem halten soll. Komm, wir gehen einen Fisch essen, die schmecken hier ausgezeichnet."

In Puerto suchen wir als erstes das Hotel auf, das gleiche, in dem ich vor vier Jahren schlief. Die Besitzer hatten gewechselt, die Zimmer waren neu renoviert und hübsch eingerichtet.

Roque will etwas für sich sein und ich auch. Ich lege mich hin und halte Mittagsschlaf. Roque läuft in die Stadt. Am späten Nachmittag setze ich mich vor eine Bar, direkt am Hafen. Die Sonne scheint, und es ist reichlich Trubel im Ort. Ich bestelle mir ein Getränk.

Auf der anderen Seite des Hafens erkenne ich Roque, gar nicht weit von der uns bekannten Fischerhütte entfernt, in der wir einst unser Gespräch mit dem ‚Oberfischer hatten. Neben ihm steht ein Mann, beide reden miteinander. Worüber sprechen die? Dann beenden sie das Gespräch, zum Abschied schütteln sie sich freundschaftlich die Hand. Es sieht so aus, als würden sie sich schon eine Ewigkeit kennen. Roque ist schon einige Meter vom Gesprächspartner entfernt, da rufen beide sich noch etwas zu, mit schnellen Schritten läuft Roque genau in meine Richtung. Ich rufe nach ihm, er sieht mich nicht gleich. „Hier bin ich, hier!“ Roque erkennt mich, reisst die Arme hoch, setzt sich neben mich und schreit: „Ein Bier! Ein Bier! Ein Bier her!“ Der Kellner schaut erschrocken zu ihm herüber. Er stürzt das Bier in sich hinein, gefolgt von einem lauten befreienden Rülpston. „Danke, sehr charmant von dir. Es riecht verdammt nach Boulette, ist ja wie zur Brunstzeit bei den Hirschen, und zum Nachtisch einen feuchten Furz, der Blasen schlägt, das wäre zum Beispiel ein Zeichen dafür, dass sich das Wetter ändert. Dieses würde bedeuten, es gibt Regen.“

„Uwe, wir haben ein Boot. Ich habe in einer Bar den Hafenmeister kennen gelernt. Der kennt einen Fischer in San Andrés. Sein Name ist Mario, der würde es machen. Was sagst du dazu?“ „Wirklich?“ „Leider konnte ich ihn telefonisch nicht erreichen. Der Hafenmeister kümmert sich selbst darum. Er findet dein Vorhaben überaus bemerkenswert. Ich habe es dir gesagt, alles wird gut.“ „Abwarten.“

Wir stehen in der kubanischen Bar, und Roque ist der glücklichste Mensch auf Erden. Er trinkt und tanzt und lacht und redet mit seinen Landsleuten den ganzen Abend. In meinem Bauch kribbelt es, die Zeit rückt näher. Morgen werde ich paddeln. Übermorgen lege ich einen Ruhetag ein. Über-übermorgen – sieben Uhr dreißig – Start! Meine Nervosität lässt nicht nach, obwohl ich mich abzulenken versuche.

Frischer Kaffeegeruch steigt in meine Nase. Unten auf der kleinen Gasse vor dem Hotel ist Hochbetrieb. Ich schaue aus dem Fenster und höre Geschirr klappern. Direkt unter mir befindet sich die Küche des Hotels. Mal schauen, was es Gutes zum Frühstück gibt. Ein frisches Ei, Toast und Kaffee mag ich am liebsten.

Ich sitze im Speiseraum, auf meinem Tisch befinden sich ein Ei, Toast und Kaffee – alles, was ich liebe. Etwas später kommt Roque aus seinem Zimmer, und wir besprechen den heutigen Tag. Ich muss nach Bajamar und mit Marco reden, dann hole ich mein Kajak, komme wieder zurück und gehe paddeln. „Roque, kannst du dich ums Beiboot kümmern?" „Wird gemacht. Am Mittag treffe ich mich mit dem Hafenmeister, so war es ausgemacht." „O.k., alles klar. Ich fahre los, dann bis später."

„Hallo, Marco, wie geht's?" „Gut, und dir? Habe gehört, dass du krank warst." „Kaum der Rede wert, ein wenig erkältet, sonst nichts. Am Samstag um halb acht starte ich, du könntest in Puerto schlafen." „Das geht nicht." „Warum?" „Freitagabend bin ich bei einer Geburtstagsparty, und Sonntag früh muss ich in meiner Wohnung sein. Meine Vermieterin will mich sprechen." „Was heißt das alles?" „Dass ich nicht mitkommen kann." Es vergeht eine Stunde, dann haben Marco und ich uns geeinigt. Samstag früh gegen halb sechs soll ich ihn aus Bajamar abholen, am Samstagabend fährt er wieder zurück. „Danke, Marco, dass du mich um Taganana begleitest." „Schon gut, Uwe."

Ich fahre nach Puerto und bin in Gedanken. Soll ich die letzte Nacht vor der Abfahrt in Bajamar schlafen? Ich weiß es nicht.

Ich paddle auf dem Meer, mein Boot läuft gut. Nach beendetem Training steige ich aus und laufe mit dem Boot zum Auto.

Die Leute schauen mich an, als käme ich von einem anderen Stern, dann erscheint Roque.

„Uwe, stell dir vor, ich habe Hausverbot bekommen." „Das gab es noch nie auf der Insel, Roque." „Der Kellner von gestern wollte mich nicht mehr bedienen, dann wurde ich regelrecht hinausgeworfen." „Ich hätte dich sofort rausgeworfen, du machst uns keine gute Ehre. In zwei Tagen bist du verschwunden; stell dir vor, du würdest hier leben." Was soll man dazu sagen?

„Was macht das Boot?" „Wir sollen morgen nach San Andrés kommen." „Morgen ist mein Ruhetag." „Es geht nicht anders."

Wir betreten eine Bar. Ich trinke ein Glas Wasser nach dem anderen, und die Kellnerin fragt Roque, ob ich noch ganz in Ordnung sei. Er antwortet: „Nein." Beide unterhalten sich intensiv, Roque kippt sich ein Bier nach dem anderen hinein. „Möchtest du auch ein Bier?", fragt sie mich. „Nein danke." Aber dann meint sie mit einem reizenden Lächeln und einem hintergründigen Blick: „Einer, der Wasser trinkt, ist mir lieber als einer, der Bier trinkt."

Am nächsten Tag fahren wir nach San Andrés und suchen Mario. Ein Fischer sagt, er sei nach Puerto gefahren und würde uns dort suchen. Also fahren wir nach Puerto zurück. Kein Mario ist zu finden. Mario sei wieder in San Andrés. Wir fahren erneut nach San Andrés. „Roque, hast du die Telefonnummer?" „Nur die vom Hafenmeister." „Dann rufen wir ihn an." „Ich finde die Telefonnummer nicht." „Wo hast du sie?" „Im Hotel." Das steht in Puerto. Im Hotel finden wir die Telefonnummer nicht. Wir fahren zurück nach San Andrés und noch einmal nach Puerto und wieder nach San Andrés. Jemand sagt uns, dass Mario ein zweites Mal nach Puerto gefahren sei. Meine Nerven sind restlos verbraucht.

„Wir warten jetzt hier", sage ich. Ein junger Mann spricht uns an. „Wollt ihr zu Mario?" „Ja." „Der kommt gleich, ihr könnt warten." Wir warten und warten, aber niemand kommt. Das Warten bringt mich um.

Es wird immer später und dann endlich erscheint Mario.

„Ich bin Mario, ihr seid spät dran." „Wir sind ein wenig mit dem Auto umhergefahren." „Habe ich schon gehört."

„Dort hinten liegt das Boot." „Ich dachte, es ist in Puerto." „Nein, es ist hier." „Welches ist es denn?" „Das rote da hinten." „Ich sehe keines." „Na, das rote Motorboot da." „Was, dieses kleine Boot?" Für mich hat sich die Sache sofort erledigt. Wie sollen alle in dieses Boot passen? Mario muss mir wohl meine Enttäuschung ansehen. „Komm, wir machen eine Probefahrt." „Nein ich habe mich entschieden." Roque redet auf mich ein. Der Fischer ist enttäuscht, er sagt, das Boot sei viel besser als ein großes. Ich lasse mich überreden, und dann sitzen wir im Boot. Roque klammert sich am Bootskörper fest, da er nicht richtig schwimmen kann. Stolz erzählt der Fischer, dass er den Motor selbst zusammengebaut habe, der Bootskörper unsinkbar sei, das Boot sehr wendig wäre und es noch viele andere Vorteile habe. „Hier ein Seil für die Rettung, Leuchtraketen, Dieselbehälter …", er erklärt weiter. Ich bin von diesem Boot nicht überzeugt. In Marios Gegenwart fühle ich mich nicht besonders wohl. Was ist, wenn es hart auf hart kommt? Kann ich mich auf ihn verlassen? Ich habe ein schlechtes Gefühl. „Roque, wir fahren zurück ans Ufer, ich nehme es nicht." „Das Boot ist gut, lass uns noch eine Runde fahren, es macht Spaß."

Wir sitzen auf der Mole und diskutieren.

„Wie kommt überhaupt das Boot nach Puerto?", frage ich. Abends um zehn wolle er losfahren, er nehme noch einen Kollegen mit. „Verladet ihr das Boot auf einen Anhänger?" „Nein, wir fahren mit dem Boot über den Wasserweg." Nachts wollen sie über Taganana fahren? Das hätte ich nicht gedacht, ich bin schwer beeindruckt.

Und dann passiert etwas Entscheidendes: Roque steht auf, redet und gestikuliert mit Händen und Füßen. Im nächsten Moment verliert er das Gleichgewicht. Mario springt auf, hält ihn mit einem festen Griff. Das war stark, denke ich mir.

Ich frage Mario nach dem Preis für die Begleitung, bekomme eine Antwort und verdrehe die Augen. „Die Hälfte im Voraus", meint er. „Gut, ich gebe dir die Hälfte, wir sehen uns morgen um halb acht in Puerto."

„Uwe, was war auf einmal los mit dir? Du hast dich schnell entschieden." „Roque, die fahren nachts über Taganana, das müssen Wahnsinnige sein, und der schnelle Griff, mit dem er dich hielt. Er hatte dich die ganze Zeit beobachtet, ahnte, dass du abstürzten würdest. Das wusste ich auch, aber ich wollte dich mal schwimmen sehen." „Ha, ha, sehr lustig!"

„Weißt du, wie viel er verlangt hat?" „Nein, Uwe." „Ein Vermögen." „Die Hälfte konnte ich ihm gleich geben. Den Rest bekommt er zum Schluss. Glaubst du, der lässt sich das Geschäft durch die Lappen gehen?"

Halb zwei in der Nacht wache ich auf, kann nicht richtig schlafen und bin viel zu aufgewühlt.

Werden die Fischer morgen da sein? Wird Marco mitkommen? Das Sorgenkarussell dreht sich unaufhörlich. Ich finde keine Ruhe, stehe auf, um an die frische Luft zu gehen.

Das kann nicht wahr sein, Roque läuft dort mit einigen Leuten in die Richtung einer Bar. Ich folge ihnen.

„Hallo, Roque, ich bin noch wach und kann nicht einschlafen." Roque bestellt uns zwei Cuba Libre. „Ich trinke keinen Alkohol, tut mir Leid, in wenigen Stunden beginnt meine Tour." „Uwe, das Getränk ist zum Abschied, du weißt, dass ich heute zurückfliege." „Danke noch einmal für alles, Roque." „Heute früh werde ich zu deiner Abfahrt da sein, dann verlasse ich dich. Meine Aufgabe ist erfüllt. Du bist an der Reihe, Uwe."

Er bestellt noch eine zweite Runde. „Die lasse ich aus", sage ich. „Nein, das trinkst du aus, damit du schlafen kannst."

Morgens um halb fünf klingelt mein Telefon. „Guten Morgen, wir sollten Sie wecken." „Vielen Dank für den Weckdienst." „Gern geschehen", spricht eine Frauenstimme.

Ich frage die junge Dame an der Rezeption, wann Roque geweckt wird. Um sieben Uhr, aber er ist noch nicht da.

Um dreiviertel sechs bin ich in Bajamar und klopfe an ein Fenster. Die Wohnung gehört Marcos Freund. Marco wollte diese Nacht hier schlafen, da die Party ganz in der Nähe stattfand.

„Uwe, bist du es?" „Ja, Marco." „Lass mich noch zwanzig Minuten schlafen, ich bin noch so müde, bitte."

Der steht nie auf, denke ich mir und gehe enttäuscht zum Meer hinunter.

Ich traue meinen Augen nicht. Hohe Wellen bewegen sich Richtung Ufer. Ich bekomme weiche Knie, mache mir große Sorgen, da keiner von unserem Team wirklich ausgeruht ist.

Die zwanzig Minuten müssten vorbei sein, ich klopfe wiederum. „Uwe, noch ein paar Minuten, bitte." Geduldig warte ich, aber Marco kommt nicht. Ich versuche es ein weiteres Mal: „Marco, wir kommen jetzt schon zu spät. Wenn du nicht mitkommen willst, fahre ich allein, ich warte noch fünf Minuten." Eine Minute später steht er vor mir.

„Tut mir Leid, dass ich dich aus dem Schlaf gerissen habe, aber es geht nicht anders." Marco schläft im Auto sofort ein. Verspätet kommen wir im Hafen an.

Der Kameramann ist sauer, und Mario kommt mit seinem Kollegen auf mich zu. Wie sieht der denn aus? Ganz dünn ist er, aber ein netter, lustiger und freundlicher Typ. Er lächelt bei der Begrüßung, ist voller guter Dinge und freut sich auf das bevorstehende Abenteuer.

Mario zeigt sich grimmig, er verzieht keine Miene. Ich bin froh, dass er seinen Kollegen mitgebracht hat. Um seinen Hals trägt er zwei Ketten, eine mit einem Kreuz und eine mit einem Delfin.

Ich bereite mich vor, bin kurz vor der Abfahrt, aber von Roque ist nichts zu sehen. Wo bleibt er nur? Wird er kommen? Absichtlich schraube ich am Steuer meines Bootes, in der Hoffnung, dass Roque noch kommt. Das Team wird schon unruhig. „Wann geht es los, Uwe?" „Gleich, nur noch einen Augenblick."

Marco sagt: „Lass uns losfahren, der Kameramann flipt sonst aus." „Ja, ich weiß, den kenne ich nicht, ich dachte, der andere kommt mit." „Glaub mir", sagt Marko, „dem ist alles egal, der macht nur seine Arbeit, das habe ich schon mitbekommen. Lass uns starten."

Ich hebe mein Boot an, in diesem Augenblick höre ich lautes Lachen. Da ist er ja.

„Hallo, Uwe." „Hallo, Roque."

„Ich habe noch Leute mitgebracht, wir haben gemeinsam die ganze Nacht gefeiert." „Und, war es schön?", frage ich. „Schade, dass ich heute zurückfliegen muss." „Du kannst ja wiederkommen." „Das werde ich."

Seine Freunde sind sehr angeheitert und sprechen jetzt mit Marco.

Roque und ich stehen etwas abseits.

„Uwe, du bist sehr schwierig zu verstehen, es ist nicht so einfach mit dir. So einen Menschen wie dich habe ich noch nie kennen gelernt." „So bin ich eben."

Er schaut mich an und sagt dann: „Aber ich wäre nicht hier, wenn … Das kannst du nicht verstehen, Uwe. Wenn du aufs Meer gehst, sagst du Folgendes … und genau in dieser Reihenfolge, denke an meine Worte, und hier gebe ich dir die Münze, verliere sie nicht.

Und noch etwas, es wird kein Film entstehen, du wirst keinen Ruhm ernten, die Tour wird bitter und hart werden, aber in einigen Jahren schreibst du ein Buch, das wird dir den erhofften Erfolg bringen. Unser Gespräch wirst du vergessen, eines Tages erinnerst du dich an alles ganz genau. Lebe wohl, wir werden uns nie wieder sehen." Roque kommen die Tränen, und er geht.

Heimkehr

Ich sitze im Boot und paddle aufs Meer und halte noch einmal an. Ich hole mir die Worte von Roque noch einmal ins Gedächtnis zurück. Aussprechen durfte ich diese Worte nur in einer Situation höchster Gefahr.

Die langgezogenen Wellen auf dem Meer kommen von links hinten. Ein einheimischer Fischer aus Puerto, der unsere Vorbereitungen im Hafen beobachtet hatte, sagte, dass die Bedingungen gut wären, wenn die Strömung fast von hinten käme. Dann werde ich schnell sein.

Im Beiboot sitzen vier Leute. Mario, der Dünne, Marco der Surfer und der Kameramann.

Die ersten zehn Minuten paddele ich langsam, dann lege ich los. Alle sind über meine hohe Geschwindigkeit verblüfft. Das Kajak gleitet zügig durchs Wasser, und manchmal bekomme ich ein Zeichen, ich solle nicht zu schnell fahren, die Strecke sei noch lang. Auch der Kameramann wird immer lockerer. Gewissenhaft filmt er und gibt sich redliche Mühe dabei. Die Sonne steigt nun langsam über die Berge. Ich spüre noch etwas Cuba Libre in meinem Kopf, und als die Sonne höher steht, habe ich das Gefühl, als wollte meine Schädeldecke abheben. Eine Weile geht es mir nicht gut, doch der Schweiß fließt in Strömen, entgiftet meinen Körper, und ich fühle mich viel besser.

Das Beiboot kommt zu mir hinüber, ein Wortwechsel beginnt.

Der Kameramann muss ans Ufer, er hat heute noch andere Termine.

Mich trifft der Schlag, ich will es nicht wahrhaben.

Darum hatte er heute Morgen so viel Hektik verbreitet.

Marco sagt: „Uwe, das war so abgesprochen, dass er unterwegs aussteigt. Am Hafen hattest du es nicht mitbekommen, du hattest ja kaum Zeit für ihn." „Das stimmt, Marco." Der Kameramann verabschiedet sich freundlich und drückt mir die Daumen. „Viel Glück." „Vielen Dank fürs Filmen." „Ruft heute Abend beim Sender an, dann könnt ihr uns beschreiben, wo ihr seid und wie es war."

Das Motorboot fährt Richtung Ufer, ich paddle allein weiter.

Die Sonne verschwindet hinter einer Wolkendecke, es wird dunkler, und weit vor mir erscheinen düstere Wolken. Was wird das? Ein Orkan? Ich werde unruhig.

Das Begleitboot ist schon eine Ewigkeit fort. Ist der Motor vielleicht kaputt? Finden sie keine Möglichkeit zum Aussteigen? Verunsichert drehe ich mich um, niemand ist zu sehen.

Nach langer Zeit tauchen sie endlich auf.

„Marco, wie wird das Wetter?" „Die Fischer sagen, es bleibt, wie es ist." „Und die Wolken am Horizont?" „Hat nichts zu sagen." „Uwe, du bist schnell, mach weiter so!" „Gebt mir in Bajamar Bescheid, wie lange ich gebraucht habe." „Machen wir."

Durch den bedeckten Himmel wird mir nicht so heiß. Die Fischer angeln fleißig, holen einen Fisch nach dem anderen heraus und freuen sich. Dann kommen sie dicht an mich heran, tun so, als würden sie mich ständig beobachten und aufpassen, und sind gleich wieder verschwunden.

Dann sind wir in Bajamar, die Entscheidung fällt, ob ich weiterfahre oder aussteige.

Ich gebe dem Beiboot ein Zeichen, sekundenschnell sind sie bei mir.

„Marco, wie wird das Wetter und wie liege ich in der Zeit?"

„Die Fischer sagen, du kannst weiterfahren." „Und zeitlich?" Marco braucht lange, er kann es nicht glauben. „Uwe, das kann nicht sein. Zwei Stunden und fünfzehn Minuten." Er fragt die Fischer nach der Zeit. Alle drei sind begeistert. Die Zeit stimmt. Ich kann es ebenfalls kaum glauben und paddle getrost weiter.

Mein Blick richtet sich nach vorn, düstere Wolken hängen über dem Meer wie vor einem schweren Sturm. Ich blicke zur Seite, die beiden Fischer stehen im Boot, sie lassen ihren Blick kreisen, dann kommen sie dicht an mich heran. So dicht, dass ich ihnen sagen muss, sie mögen Abstand halten. Ich solle noch weiter aufs Meer hinaus, die Strömung wäre dort stärker. Aber ich werde das Gefühl nicht los, dass die Strömung von vorn kommt und nicht von hinten. Die Strecke zieht sich endlos lang, das Beiboot ist weit von mir entfernt. Ich fühle mich sehr unbehaglich.

Das spitze Lavagestein an Land sieht gespenstig und furchterregend aus, die Felsen weit vor mir ähneln zwei Dinosauriern. Unter mir wimmelt es wahrscheinlich von Haien, wenn ich Marco glauben durfte, und meine innere Kraft lässt deutlich nach.

Die beiden saurierähnlichen Felsen wollen einfach nicht näherkommen, und ich verzweifle langsam.

Die Fischer sind beunruhigt, da ich langsamer werde. Ich versuche, meine Geschwindigkeit zu erhöhen, es gelingt mir aber nur kurzzeitig. Nach schwerem Kampf gelange ich an die Felsen, die vor mir liegen, durchfahre sie und denke an Roque. Dann bestelle ich schöne Grüße von ihm.

Die Fahrt geht zähflüssig weiter, die Fischer schauen noch immer unruhig zu mir herüber. Was sie wohl denken werden? Vielleicht, dass ich es nicht schaffe? Ich kämpfe um jeden Meter.

Das Wetter bessert sich, die Sonne scheint. Nun erscheinen die Felsen als einmalige Giganten. Toll, wie sie unterm hellen Licht ausschauen!

Ich befinde mich auf der Ostseite von Tenerife. Die Fischer kommen herangefahren. Marco erklärt mir, dass sie vorausfahren, sie müssen in San Andrés tanken und etwas essen. Dort treffen wir uns wieder. „Alles klar, Marco, fahrt ruhig los." Nach wenigen Minuten sind sie kaum noch zu erkennen. Wunderbar – denke ich mir – sie haben also vor, weiterzufahren. Ich beeile mich.

Auf der Mole am Playa de las Teresitas sitzen einige junge Leute. Als ich mit meinem Kajak vorbeikomme, klatschen sie Beifall. Das freut mich und motiviert.

Am Strand sehe ich dann Marco stehen, paddle hin und steige aus. Mein Hintern tut mir weh, und meine Beine sind schon ganz krumm.

„Du, Uwe, verstehe mich nicht falsch, wenn ich dich frage.“ „Was ist, Marco?“ „Glaubst du wirklich daran, dass du es schaffst?“ „Das weiß ich nicht, deshalb probiere ich es ja.“ „Mario meint auch, dass es unmöglich ist.“ „Marco, es spielt doch keine Rolle, für mich ist wichtig, dass ich es versuche. Wenn ich es nicht versuche, dann würde ich mir das nie verzeihen. Verstehst du das? Ich muss es tun.“ „Ich denke anders drüber“, meint Marco. „Was sagt der Dünne dazu?“ „Der meint, du schaffst es.“ „Wie lange habe ich bis hierher gebraucht?“ „Sechs Stunden.“ „Das war auch mein Ziel. Ich steige wieder ins Boot und paddle weiter, ihr könnt dann nachkommen. Bis gleich.“

Was wusste Marco schon von mir? Dachte er, ich bin frisch aus dem Ei geschlüpft? Er kannte mich nur als Kajakfahrer, aber Kajak zu fahren war doch mein Leben. Das Kostbarste, was ich besaß.

Als Kleinkind starb ich, wie schon erwähnt, fast an einer Lebensmittelvergiftung. Später bekam ich ständig Mittelohrentzündungen. Ich verstand nur die Hälfte, wenn die anderen sprachen. Mehrmals die Woche musste ich zum Arzt gehen und meinen Kopf in einen Kasten legen. Das war schlimm. Laufend litt ich unter hohem Fieber und verbrachte die meiste Zeit im Bett. Meine Eltern sorgten sich sehr um mich. Meine Mutter saß dann stundenlang an meinem Bett. Als ich gesund war, holte ich alles nach, was ich verpasst hatte. Ich spielte und tobte den ganzen Tag mit meinen Freunden, erkletterte die höchsten Bäume, spielte Fußball und war den ganzen Tag unterwegs. Dann wurde ich wieder krank und lag im Bett.

Ich wurde eingeschult und sofort krank. Vier Wochen Schule, zwei Wochen im Bett. Irgendetwas gab es immer.

Im Betragen hatte ich bis zur vierten Klasse die Note eins. Ich war ordentlich, artig und hilfsbereit und ein hübscher Junge.

Dann wendete sich das Blatt, ich wurde Kajakfahrer.

Im ersten Jahr ertrank ich fast zweimal, da war ich neun. Dann kam die absolute Pechsträhne, die Jahre andauerte.

Ich war angeln und sprang vom Baum und landete mit meinem Fuß auf einem Ast. Im Ast steckte ein großer dicker Dorn, der anschließend in meinem Fuß steckte. Wochenlang konnte ich nicht laufen.

Meine Schwester und ich waren bei meinem Onkel und hackten Holz. Meine Schwester, ihr sei verziehen, spaltete mir aus Versehen einen Finger.

Als ich wieder laufen konnte und mein Finger in Ordnung war, spielte ich mit meinen Freunden auf einer Wiese Fußball. Ich spielte barfuss. Mein Pech war, dass eine Woche zuvor an dieser Stelle Zelte standen, jemand vergaß einen abgebrochenen Hering aus dem Boden zu ziehen. Ich trat genau darauf und bohrte mir das Teil bis zum Fußknöchel hoch. Mein Fuß hatte ein Loch.

Die Wunde heilte, und das nächste Ereignis stand mir bevor.

An einem Wasserfall störte uns ein Felsen. Mit Brechstangen versuchten wir ihn wegzurollen. Es gelang uns nicht, wir brauchten mehrere Versuche, um ihn zu bewegen. Dann bewegte er sich doch ein Stück. Um mich herum standen nur Erwachsene, ich war elf Jahre und wollte zeigen, wie kräftig ich schon bin.

Der Felsen kam zurück, und ich rutschte auf dem glatten Untergrund aus. Meine Hand klemmte zwischen zwei Felsen fest. Die Hand war platt wie eine Flunder, und es dauerte ewig, bis sie heilte.

So ging das Jahre weiter. Jede Verletzung warf mich um einiges zurück. In der Schule lief es blendend, dann wurde ich wieder krank. Es war furchtbar. Ich musste dreimal so viel kämpfen wie die anderen Kinder in meinem Alter, um alles wieder aufzuholen. Schule und Training und meine Freundschaften.

Eines war aber merkwürdig, die Verletzungen geschahen immer zu einem bestimmten Zeitpunkt. Es geschah an den Tagen, wo ich vor Glücklichsein überschäumte. Regelmäßig lief ich mit einem oder zwei blaugeschlagenen Augen herum. Mich zog das Pech förmlich an.

Ich hatte hohes Fieber und saß im Klassenraum. Zu meinem Lehrer sagte ich keinen Ton darüber. Er bemerkte es und schickte mich nach Hause. Als ich das Schulhaus verließ, dachte ich, ich komme nie bis dorthin. Es standen einige Jungen am Schultor, die viel älter waren als ich. Das Tor hielten sie absichtlich verschlossen. Wer vorbeikam, sollte hinüberklettern. Ich sagte, dass ich das nicht machen und schaffen würde. Sie versperrten mir den Weg. Ich war einen Kopf kleiner als sie. Dann versuchte ich mich durchzudrängeln, um ans Tor zu gelangen. Einer hielt mich fest und warf mich zu Boden. „Los steh auf und wehre dich“, sagte er zu mir. Ich dachte, das wäre ein Scherz, bin doch viel zu klein für ihn. Wollte er etwa mit mir seine Kräfte messen? Ich stand auf, und ehe ich mich versah, landete seine Faust in meinem Gesicht, und ich fiel zu Boden. „Klettere über das Tor.“ Ich sagte: „Nein“, und die nächste Faust kam geflogen. „Wirst du jetzt über das Tor klettern?“ Ich stand wieder auf und ging Richtung Tor, mir lief das Blut aus der Nase. Dann gab es noch ein paar Schläge mit der Faust, und dann kamen die ersten Fußtritte, weil ich nicht mehr richtig aufstehen konnte. „Warum hörst du nicht, klettere über das Tor“, und die Fußtritte wurden stärker.

Dann riefen die anderen: „Höre jetzt auf, der hat genug. Lass ihn gehen.“ Ich ging aufrecht durchs Tor. Die anderen meinten dann: „Los, entschuldige dich bei dem Kleinen, der hat dich besiegt.“ „Warum besiegt? Schaut doch mal, wie er aussieht, ich habe nicht einen Kratzer.“ „Ja, aber er ist durchs Tor gegangen, der ist viel stärker als du.“

Dann lief der Vogel mir nach und mit heulender Stimme bettelte er: „Verrate mich nicht, sage niemandem, dass ich dich verprügelt habe.“ „Lass mich in Ruhe, ich will nach Hause, mir geht es nicht gut, ich habe Fieber.“ Er erschrak. „Was habe ich bloß getan?“ „Hau endlich ab, ich verrate dich nicht.“ Dann sah ich unser Haus. Ich würde es nicht bis dorthin schaffen.

Glücklicherweise kamen mir meine damaligen besten Freunde entgegen, Ronald und Frank. Wir waren die schärfsten Kunden. Ronald war überdurchschnittlich intelligent und Frank das Gegenteil davon. Ihm fiel das Lernen sehr schwer, und er verstand manch andere Sachen auch nicht so schnell. Er trug immer einen coolen Haarschnitt und hatte jede Woche eine andere Freundin. Das verstanden wir wieder nicht.

Ronald und Frank stützten mich. „Wer war dieses Schwein?", fragten sie. „Den kannte ich nicht." Frank war tief empört. „Das bekommt er zurück." Frank kannte jeden und jeder kannte Frank. Er war nur ein Jahr älter als ich, legte sich aber mit jedem an. Nicht mit den Fäusten, sondern mit dem Mund. Das gefiel Ronald und mir so gut an ihm.

Sie brachten mich bis zu meinem Bett. „Uwe, sollen wir einen Arzt rufen?" Ronalds Mutter war Krankenschwester und er wollte mit ihr telefonieren. „Nein danke, ich will nur schlafen." Ich schlief ein. Dann wachte ich wieder auf. Frank legte mir kalte Umschläge auf mein Gesicht. „Oh, danke schön." „Uwe, ich schenke dir ein paar Mosaikhefte von mir, Ritter Runkel und so." Ich schlief wieder ein.

Später kam die Freundin meines Bruders. Als sie mich sah, schrie sie auf. Sie kümmerte sich um mich, bis meine Eltern kamen, wischte mir den Schweiß von meiner Stirn und weinte bitterlich und erzählte Geschichten.

Dann kamen meine Eltern und meine drei Geschwister, der Freund von meiner Schwester und die Freundin von meiner anderen Schwester, Ronald, Frank und Ronalds Mutter und eine Nachbarin mit zwei Freundinnen aus meiner Klasse. Als sich das herumsprach, kamen noch mehr. Es sollte eine Anzeige erhoben werden. Von mir erfuhr keiner etwas. „Der muss bestraft werden." „Wurde er schon", sagte ich. „Wie denn?" „Sein Stolz wurde gebrochen." Alle schauten sich verwundert an.

Erst als Santa Cruz hinter mir liegt, holen mich meine Begleiter ein. „Ist alles in Ordnung?" Ich sage: „Ja."

Bis Medano würde ich es heute nicht schaffen, das weiß ich. Die Bedingungen sind nicht schlecht, aber ich bin einfach zu langsam. Das Team auf dem Beiboot langweilt sich. Mal schläft der eine und mal der andere. Sie tuckern neben mir her, das Motorengeräusch ist nicht mehr auszuhalten. Dann stoppen sie das Boot. Es ist außerordentlich heiß. Marco und Mario springen ins Wasser. Ich genieße die Ruhe und kämpfe mich um jeden Meter weiter.

Das Wasser schwappt hin und her, kein Wind und keine Wellen, eine regelrechte Flaute, wie sie im Buche steht. Mein innerer Schweinehund meldet sich: „He, du Blödmann. Ja, ich meine dich, Uwe." „Was gibt es, innerer Schweinehund?" „Uwe, das schaffst du doch sowieso nicht, die Sache ist doch völlig sinnlos, Mann – gib endlich auf. Du merkst doch selber, dass nichts daraus wird. Was willst du überhaupt damit erreichen? Die anderen zweifeln schon lange, und wenn du es schaffst, was dann? Sie denken alle, du willst nur dein eigenes Ego befriedigen, du bist doch sonst so bescheiden. Der Kameramann hat sich gleich aus dem Staub gemacht und konnte das Elend nicht mehr weiter ansehen." „Leck mich, innerer Schweinehund! Wer hat dich denn um deine Meinung gefragt? Mir ist egal, was du oder die anderen denken, mir ist nur wichtig, wie ich darüber denke. Schau doch mal, wie weit ich gekommen bin. Ich habe es geschafft, um Taganana zu paddeln, und mein Boot wird schneller. Halte also die Klappe und lass mich in Ruhe, ich will von dir nichts mehr hören, ist das klar? Mich bekommst du nicht weich, also verzieh dich!" „Okay, okay, aber ich komme wieder und ich werde oft dein Begleiter sein."

Nach etwa einer Stunde meldet er sich wieder. „Hallo, Uwe, dein innerer Schweinehund ist wieder da. Freust du dich ein wenig? Du warst vorhin nicht besonders nett zu mir, das verzeih ich dir nicht, deshalb werde ich es für dich ganz besonders schwer machen. Eine so genannte Sondereinlage, darin bin ich Profi, du wirst es gleich spüren. Warum ist dir denn so heiß? Bekommst du Fieber? Du trinkst zu wenig, mein Junge, aber jetzt ist es zu spät dafür. Dein Kopf ist schon ganz rot und glüht. Deine Fersen sind aufgescheuert, wie kann man auch nur barfuss fahren? Das Salz frisst sich in deine Haut, und was ist mit deinen Händen los? Die sind ja völlig bis auf die Knochen aufgeweicht. Ei, ei, dass schaut nicht gut aus.

Ach ja, da fällt mir noch etwas ein. Wie geht es eigentlich Tanja, du weißt schon, die kleine hübsche schwarzhaarige Rechtsanwaltsgehilfin aus Hamburg? In die warst du doch so verliebt. Warum ist denn nichts daraus geworden? Überlege doch mal. Wenn du nicht selber darauf kommst, helfe ich dir dabei. Gleich melde ich mich wieder, ich weiß alles über dich."

Das Beiboot kommt zu mir herüber. „He, Uwe, willst du etwas essen und hast du noch genug Wasser?" „Die Wasserflasche ist bald leer, bitte reich mir eine Banane und einen Riegel." „Mehr nicht?" „Ich bekomme nichts hinunter." „Wir wollen dann kurz an Land fahren, der Dünne muss mal ganz nötig." „Das ist eine gute Idee, ich steige dann auch kurz aus meinem Boot, mein Hintern ist eingeschlafen."

Wir sind an Land, der Dünne sucht eine Stelle zum Austreten, und ich entspanne meinen Po.

Die Stimmung ist unerträglich, niemand redet ein Wort, bis Marco dann spricht: „Du, Uwe, heute Nacht wird das Wetter schlechter, sagen die Fischer. Noch vor Einbruch der Dunkelheit müssen sie einen Ankerplatz gefunden haben, sie bleiben höchstens noch zwei Stunden auf dem Meer." „Alles klar. Ich paddle dann weiter."

Also zwei Stunden noch und ich gebe mein Letztes. Hier bewegt sich das Meer anders und mein Boot läuft schnell. Der innere Schweinehund hat sich verkrochen und die Stimmung im Beiboot bessert sich. Damit haben sie nicht gerechnet, dass ich noch Reserven besitze. Die Begeisterung nimmt erstaunlich zu, und jetzt feuern sie mich sogar an. Mein Tempo bleibt konstant schnell. Ich sehe den Leuchtturm von Poris de Abona winzig klein und möchte es bis dorthin noch schaffen.

Das heutige Ziel werde ich nicht erreichen, aber das stört mich nicht, ich freue mich über die bessere Stimmung im Team.

Geschafft, wir sind in Poris de Abona. An einer Kaimauer legt das Beiboot an. Es sind Menschen dort, die uns freundlich empfangen.

„Ist das der Kajakfahrer, der um die Insel fährt?", fragt jemand. „Ja, das ist er."

Jede Bewegung von uns wird aufmerksam von den Bewohnern beobachtet und sie unterhalten sich mit den Fischern.

Mein Boot wird aus dem Wasser gezogen.

Da ich voller Salzkruste und Schweiß bin, springe ich ins Meer. Außerdem möchte ich meinen Körper, der überhitzt ist, kühlen. Im Meer treibe ich mit meinem Rücken auf der Wasseroberfläche, das tut gut. So verweile ich längere Zeit, schwimme ans Ufer und steige aus dem Wasser. Aus der rechten Hosentasche meiner Sporthose schaut das Innenfutter heraus, ich stecke es wieder hinein, und dann schießt es wie ein Geistesblitz durch meinen Kopf. Wo ist die kubanische Münze, die Roque mir übergeben hatte? Schnell greife ich in die linke Tasche, sie ist ebenfalls leer. Die Münze ist weg! Ich gehe zu meinem Boot hinüber und schaue hinein. Vielleicht ist sie mir dort herausgefallen, ich kann sie aber nicht finden. Dann liegt sie im Meer. Sofort springe ich ins Wasser und beginne zu tauchen. Beim ersten Mal komme ich nicht bis zum Grund hinunter, beim nächsten Versuch geht es besser, aber in der Tiefe kann ich nichts erkennen. Ich tauche noch einmal und dann wieder. Es ist aussichtslos, ohne diese Münze paddle ich morgen nicht weiter. Verzweifelt setze ich meine Suche fort. Durch die lange Paddeltour und das viele Tauchen bin ich erschöpft und gelange nicht mehr bis zum Meeresgrund.

Marco ruft mich: „Uwe, ich habe für dich eine Taucherbrille, die ist von Mario, kannst du sie gebrauchen?" Eine Taucherbrille! Ich schwimme zu Marco. „Woher hat Mario die?" „Die lag in seinem Boot, er geht oft tauchen. Was fehlt dir denn?“ „Mir ist etwas aus der Tasche gefallen.“ „War es wichtig?“ „Ja, lebenswichtig.“

Ich tauche wieder, und gleich beim ersten Mal entdecke ich sie. Fest halte ich die Münze in meiner Hand.

Wie konnte ich nur so achtlos sein? Heute Morgen verlief alles schnell und Roque hatte mir viel Stoff zum Nachdenken gegeben.

„Wonach hast du getaucht?“, fragen die anderen. „Nach einem Geschenk.“ „Und, hast du es gefunden?“ „Ja.“ Ich bedanke mich bei allen, die Taucherbrille hat mir sehr geholfen.

Wir gehen in den Ort und suchen eine Unterkunft. Es gibt keine. Mario ist wütend und ich ahne das Schlimmste. Ein Streit bricht aus. Mit großer Mühe gelingt es uns, ihn zu beruhigen.

„Kommt, wir gehen etwas essen“, sage ich. Gemeinsam sitzen wir an einem Tisch.

Marco fährt heute Abend mit dem Bus zurück, er hat morgen einen wichtigen Termin. Mario glaubt nicht mehr daran, dass ich es schaffe, ich hätte heute bis Medano kommen müssen, und das Wetter wird schlechter. Morgen früh fährt er mit dem Boot nach San Andrés zurück.

Was redet er da? Wir beenden die Fahrt? Das kann ihm doch egal sein, wie die Tour ausgeht. Es war ausgemacht, dass wir um die Insel fahren. Wie weit ich in zwei Tagen komme, ist doch mein Problem. Bis morgen Abend begleitet er mich noch und dann kann er machen, was er will. „Marco, frage ihn bitte, ob er schon mal um die Insel gefahren ist und ob ihn das nicht irgendwie reizt.“ „Noch nie ist er um die Insel gefahren. Es interessiert ihn schon, aber …“

Dann kann ich auch anders. „Wenn er mich im Stich lässt, na schön, dann möchte ich mein Geld zurück, sofort.“ „Uwe, hör auf damit, der beruhigt sich wieder, der ist doch nur sauer wegen …“ „Wegen was?“ „Weil wir kein Zimmer bekommen haben, das ist aber nicht die ganze Wahrheit. Gute Freundschaften soll man pflegen. Verstehst du nicht? Der hat eine heimliche Freundin hier.“

Nach dem Essen ist die Sache ausgestanden, morgen um sieben starten wir.

Die Fischer schlafen im Boot und Marco fährt zurück nach Hause. „Uwe, wo schläft du?“ „Ich lege mich an den Strand, eine andere Möglichkeit habe ich nicht. Marco, komme gut heim, und danke für alles, wir sehen uns dann wieder.“

Ich gehe zum Strand hinunter, dort liegen einige Fischerboote. Hier irgendwo werde ich mich niederlegen, beschließe ich. Ich sitze im Sand und mein Rücken lehnt an einem Fischerboot. Die Nacht ist lau und am Himmel leuchten Sterne. Ich fühle mich einsam und allein und denke an die Münze.

Hätte ich sie verloren, wäre die Fahrt vorbei gewesen. Mir fallen langsam die Augen zu, ich lege mich in den Sand und schlafe ein.

Tief in der Nacht weckt mich ein Geräusch auf. Was war das? Ein Hund liegt vor mir im Sand. Dann schlafe ich wieder ein und wache kurz darauf erneut auf. Jetzt sind es schon drei Hunde. Später liegen sieben oder acht Hunde nebeneinander im Halbkreis um mich herum.

Am nächsten Morgen sind sie verschwunden.

Ich stehe am Strand, der Himmel ist mit dunklen Wolken bedeckt, auf dem Meer türmen sich Wellenberge. Das Boot der Fischer liegt nicht mehr dort, wo es gestern lag. Haben sie einen anderen Ankerplatz gesucht? Wo sind sie und wie spät ist es? Ich kehre zurück an meinen Schlafplatz. Minuten später sehe ich ein Boot näherkommen und höre ein aufheulendes Motorengeräusch. Da sind sie. Schnell eile ich zur Kaimauer. „Du musst vom Strand aus starten, an der Kaimauer kommst du nicht hinein, die Wellen stehen zu hoch.“ Als wenn ich das nicht selbst sehen würde.

Noch ein Blick aufs Meer, zeitweise brechen die Wellen und überschlagen sich, das ist gefährlich für mich und das Beiboot. Das Kajak liegt auf meiner Schulter und ich trage es zum Strand. Meine Paddelsachen sind von gestern noch nass. Beim Anziehen bekomme ich Gänsehaut. Ist das ekelig. Aber kein

Vergleich dazu, was mich auf dem Meer erwarten wird. Rein ins Boot und los. Wir stehen beieinander, der Dünne ist entspannt und grinst unentwegt. Mario zeigt sich äußerst nervös, durch Handzeichen macht er mir klar, dass man die Wellen kreuzen muss. „Was ist das hier? Ein Kajak-Kurs? Denkst du, das weiß ich nicht? Passt lieber auf euch auf, das wird kein Zuckerlecken da draußen." Mario schöpft das erste Wasser aus seinem Boot. Was macht er erst da draußen auf dem Meer?

Ich verlasse die Bucht, die Wellen sind meterhoch. Marios Boot schaukelt hindurch, und mit meinem Kajak versuche ich weit aufs Meer hinauszukommen. Die Brandung an den Felsen ist mörderisch. Dort zu schwimmen würde keiner überleben, selbst die Fische hätten zu kämpfen.

Haargenau beobachte ich das Wasser, wie sich die Wellen bewegen und dann brechen. Wenn eine Welle bricht und mein Kajak seitlich erwischt, ist es aus. In meine angestrebte Fahrtrichtung gesehen, kommen die Wellen von hinten. Zunächst muss ich in einem spitzen Winkel gegen die Wellen paddeln, um sie besser mit meinem Kajak schneiden zu können. Stückweise versuche ich so, weit aufs Meer hinauszukommen. Wie ein kleines Fischlein im Ozean komme ich mir vor. Ich bin tief im Wellental verschwunden und um mich herum bewegen sich Tonnen schwere Wellenberge. Dann geht es talaufwärts. Auf der Spitze des Berges noch ein schneller Blick, und schon geht es weit in die Tiefe hinab.

Nun kommt der Augenblick, mein Kajak zu wenden. Ich habe es geschafft, die Wellen und dazu ein stark blasender Wind kommen jetzt von hinten. Ich muss aufpassen, ab und zu bricht eine Welle. Mein Blick ist ständig nach hinten gerichtet. Ich muss frühzeitig abschätzen, welche Welle bricht. Dann beginnt ein Ausweichmanöver. Wenn eine Welle genau hinter mir zerfällt, heißt es sofort abspringen. Das geht folgendermaßen:

Ich klemme in einem Wellental, vor und hinter mir ist eine Welle. Die hintere Welle bricht, jetzt mache ich ein paar schnelle und kräftige Paddelschläge. Ich fahre weit hinab ins Wellental. Meine Bootsgeschwindigkeit muss sehr hoch sein, um der Welle nun pfeilschnell seitlich auszuweichen. Ist hinter mir die Welle zu lang, bleibe ich im Wellental und versuche dann, die Welle zu reiten, ähnlich wie beim Surfen.

Meine Begleiter habe ich lange nicht gesehen. Wo stecken sie? Ich fühle mich sehr wohl in den Wellen, denn das ist mein Leben. Die Wellen werden etwas kleiner und langgezogener. Optimal, um Geschwindigkeit zu machen. Ich sitze auf einer Welle und surfe, abspringen ist nicht mehr nötig. Die Wellen brechen nicht mehr so heftig, dass sie gefährlich werden könnten. Es ist wie in einem Fahrstuhl, die Wellen schieben und ich paddle.

Wo sind die anderen nur? Ich mache mir Sorgen, soll ich warten oder umdrehen, um nachzuschauen, wo sie stecken? Ich drehe um.

Ungefähr zwanzig Minuten später entdecke ich sie. Sie erkennen mich auch und geben mir ein Zeichen, dass ich weiterpaddeln soll. Sofort wende ich. Ich hatte schon das Schlimmste vermutet.

Wie ein Pfeil schieße ich durchs Wasser, die Wellen und der Wind schieben mich, ich bin mindestens doppelt so schnell wie gestern.

In den Wellen muss ich mich konzentrieren und denke an nichts anderes. Wenn eine Welle kommt, beschleunige ich mein Boot. Dazu benötige ich schnelle und kräftige Schläge wie bei einer Startphase. Jetzt gleitet mein Boot, die Schläge werden ruhiger. Hierbei spare ich Kraft, da das Wasser für mich arbeitet, dann beschleunige ich und immer so weiter. Ich schiebe mein Boot an und gleite, das macht Spaß und mein Körper bekommt neue Spannkraft, anders als gestern, wo die Monotonie an mir heftig nagte.

Die Wellen sind jetzt klein, reichen aber für mein Kajak noch aus, um sie zu nutzen. Weiterhin hilft mir von hinten ein Schiebewind.

Erst nach über dreißig Kilometern Fahrstrecke holen die Fischer mich ein. Das beeindruckt sie schwer, und ich bringe sie damit völlig aus der Fassung. Wenn ich zu ihnen hinüberschaue, steht jedes Mal einer auf und ein angewinkelter Arm schießt blitzschnell nach vorn. Dann höre ich: „Gutes Kajak, gutes Kajak!“ Und was ist mit mir?!

Der Wind nimmt ab, das Meer ist leicht bewegt, noch ein Stück weiter und der Wind legt sich fast völlig. Ich befinde mich im südlichen Teil der Insel Tenerife. Es ist kochend heiß und weht kein Lüftchen.

Im Freudentaumel über die schnelle Fahrt erkenne ich bereits, was vor mir liegt. Endlose Weite, Hitze, Windstille, glattes Meer und vielleicht stundenlange Monotonie, aber es wird viel schlimmer als ich denke.

Mein Paddelrhythmus ändert sich, gleichmäßig dosierte Paddelschläge sind angesagt. Nach zirka einer Stunde beginnt es. Das Wasser bleibt ruhig und ich habe Zeit zum Nachdenken. Alte Erinnerungen und erlebte Emotionen kehren zurück, das reinste Gift für meinen Verstand.

Wie war das damals, als ich von Medano nach Los Gigantes paddelte, die Strecke endlos lang, und ich hielt es kaum noch im Boot aus. Und dann am nächsten Tag. Bis Punta de Teno lief alles gut, aber dann verschluckten mich fast die Wellen. Auch bei dieser Strecke war kein Ende abzusehen. Heute bin ich von Poris de Abona gestartet, das sind etwa noch einmal zwanzig Kilometer mehr. Mich schaudert und ich zweifle an meinen eigenen Überlegungen. Theoretisch sieht alles ganz anders aus, nun ist die Stunde der Wahrheit angebrochen und ich fühle mich überheblich. Wer bin ich schon? Für wen habe ich mich gehalten? Und warum tue ich mir so etwas an? Ich schäme mich für meine Überheblichkeit und Arroganz. Mein schwer erarbeitetes Geld habe ich sinnlos verbraucht, die Liste meiner Ausgaben ist lang: Ein teures Boot und ein teures Paddel, Zubehör, Sportsachen, zwei Flüge, Roques und mein Leihwagen für die gesamte Zeit, Benzinkosten, der Transport meines Bootes von Hamburg nach Tenerife, Hotelkosten für Roque und mich, der Lohn für Roque und alle ihm entstandenen Spesen, die Bezahlung für Marco, das Fischerboot, welches ein Vermögen kostete, Telefonkosten und vieles mehr.

Alle diese Kosten habe ich nicht gescheut und es doch gern getan. Was mich dabei am meisten stört, ist nur meine eigene Überheblichkeit. Ich hätte kein besseres Team bekommen können. In meinen Augen ist Marco der beste Surfer und ein guter Begleiter. Die Fischer sind knallharte Männer, das hatten sie in Poris de Abona bewiesen. Kein anderes Fischerboot wäre an diesem Tag aufs Meer gefahren. Der Kameramann fuhr mutig mit hinaus aufs Meer. Bei den Dreharbeiten übergab er sich mehrmals, das fanden die anderen wiederum lustig. Was ich von Roque halten sollte, wusste ich nicht genau. Trotzdem glaube ich fest an seine Erzählungen. Als ich seinen Felsen grüßte, schien mir, als hörte ich etwas. Später vergaß ich Roques Abschiedsworte und erinnerte mich nach Jahren, erst als ich dieses Buch schrieb, wieder daran. Roque blieb unbegreiflich für mich, aber er war mir ein lebhafter und wertvoller Begleiter mit rätselhaften Geschichten.

Mein Boot ist schnell und ich paddle weiter, doch in meinem Kopf ist es duster. Die Fischer sehen gelangweilt aus und dösen vor sich hin. Unabsichtlich fahren sie mich einmal fast um. Ich glaube, sie schliefen im Boot. Dann standen sie auf und streckten alle vier Gliedmaßen von sich.

In Las Amerikas bekommen sie keinen Diesel. Würden sie mit ihren Vorräten bis Los Gigantes kommen? Niemand weiß es.

Dann streikt der Motor. Was denn noch alles? Sie bekommen ihn dieses Mal noch zum Starten. Jedes Boot, das vorbeikommt, wird angebettelt. Keiner will ihnen etwas von seinem Diesel geben. Ich sehe sie schon hinter mir, mit einem Abschleppseil, welches an meinem Boot befestigt ist. Und genau so kommt es.

Der Motor verstummt, nichts rührt sich mehr, kein Boot ist zu sehen. Ich paddle zu ihnen hinüber. Ist das das Ende? Allein kann ich sie auf dem Meer nicht zurücklassen, das ist klar. Ich mache ihnen begreiflich, dass ich ihr Boot bis zur nächsten Bucht ziehen werde und zeige auf ein Seil. Die halten mich für verrückt. „Ohne euch fahre ich nicht." Sie begreifen es schließlich. Beide Enden werden verknotet, das eine an meinem, das andere an ihrem Boot. Ich komme mir ziemlich albern vor. Kurz zuvor überlegte ich noch, wie ich kräftemäßig alles überlebe, und urplötzlich werde ich zum Abschleppdienst. Beide staunen, dass es funktioniert.

Unerwartet taucht ein anders Boot von hinten auf, die sehen uns und bekommen einen Lachkrampf. Es läuft mir der Schweiß in Strömen, und für mich gibt es keinen Grund zur Freude.

Ich werde vom Seil befreit, sie binden es am anderen Boot fest und ziehen die Fischer hinter sich her.

Unsere Retter lachen immer noch und können sich nicht mehr beruhigen. Bis Los Gigantes sollte ihre Fahrt nicht gehen, aber als sie erfahren, was mein Ziel ist, ändern sie ihre Route.

Unterwegs gelingt es den Fischern, Diesel zu bekommen. Der reicht bis Los Gigantes.

Mir ist alles zuviel. Los Gigantes liegt in weiter Ferne und ich bin erledigt. Der innere Schweinehund hat ein leichtes Spiel mit mir. Trotzdem kläre ich die Sache mit Tanja auf. Das hatte er ein wenig falsch gesehen.

Körperlich fühle ich mich wie auf einer Streckbank. Meine Gelenke und Glieder schmerzen unerträglich, die Erlösung ist noch endlos weit entfernt. Und endlich kommen wir in Los Gigantes an.

Die Fischer fahren in den Hafen und ich zum Strand. Dort surfe ich auf einer Welle und mein Boot schiebt sich aufs Land. Das beobachtet ganz genau ein Mann. Ich steige aus meinem Boot und kann mich nicht gleich aufrichten. Eine Weile stehe ich auf meinen Fußspitzen und stütze mich mit dem Paddel, das senkrecht im Sand steckt. Dann geben die Gelenke nach, die Knie kann ich nicht strecken, meine Finger sind krumm. So sehr ich mich auch anstrenge, ich kann meine Hände nicht öffnen.

Der Mann spricht mich an. „Kann ich helfen?" „Es geht schon." „Heute Morgen habe ich einen Kajakfahrer auf der anderen Seite der Insel gesehen, aber dort waren riesige Wellen." Ich frage ihn, wo das gewesen sei, und kann vor Erschöpfung kaum sprechen. Er beschreibt mir die Stelle. „Ja, das war wohl ich." Das kann er nicht fassen, aber angesichts meines Zustandes glaubt er mir sofort.

Wir sitzen im Sand und unterhalten uns. Es ist ein erfrischendes und mich nachdenklich machendes Gespräch, denn es wird mir bewusst, wie nutzlos meine Aktion in Wirklichkeit ist. Meine Gedanken werden klarer. Keinen Meter weiter, ich bereue mein Handeln, schaue in Richtung Punta de Teno und erkenne einen weißen Streifen am Horizont. Der Wind wühlt das Meer auf, aus und vorbei, meine Entscheidung ist somit gefallen.

Die Fischer kommen aus dem Hafen. „Dort fährt mein Beiboot, ich sage ihnen Bescheid, dass ich aufgebe. Schönen Urlaub noch und Danke für dieses Gespräch."

Mein Boot liegt am Strand, ich muss es noch drehen. Die Spitze des Kajaks zeigt nun zum Wasser, die Wellen schlagen weit aufs Land. Nun ziehe ich das Kajak noch etwas dichter ans Wasser und steige ins Boot. Meine Finger sind noch immer krumm, meine Schultergelenke wie ausgekugelt. Mit letzter Anstrengung ziehe ich das Spritzdeck aufs Boot und beobachte die Wellen. Im richtigen Moment werde ich mich hinaus aufs Meer begeben. In einer Hand halte ich das Paddel, flach lege ich es auf den Boden. Meine Hände sind zu einer Faust geformt und stützen sich nun beidseitig auf den Sandstrand. Die Beine sind fest im Boot einge-klemmt. Ich drücke nun mein ganzes Körpergewicht und das Kajak nach oben und entlaste so den Druck meines Bootes auf den Sand. Schwungweise schiebe ich mich so bis zum Wasser heran. Sobald eine Welle den Strand mit Wasser füllt, rutsche ich ins Meer.

Geduldig warte ich, eine Welle kommt, und mein Boot wird vom Sandboden gehoben. Ich nehme das Paddel in beide Hände, wie ein Gondoliere stecke ich es in den Boden und schiebe mich vorwärts ins Meer hinein.

Was ist das? Ich höre ein kurzes Knacken am Paddel. Ich schaue nach. Erst finde ich nichts, dann entdecke ich einen feinen Riss am linken Paddelblatt. Was macht das schon, die Fahrt ist zu Ende. Die Fischer sehen mich und winken mir zu. Ich paddle zu ihnen und werde sagen, dass ich die Tour beende, und beginne zu reden. Sie verstehen nicht, was ich will. „Es ist Schluss", sage ich, „ich will nicht mehr." „Du warst schnell, sechs Stunden hast du nur gebraucht, es ist noch viel Zeit." „Ich kann nicht mehr und ich will nicht mehr." „Wir haben dir etwas mitgebracht, Kohlenhydrate." Eine Flasche Kakaomilch und Schokolade kommen zum Vorschein. „Nimm das bitte." „Nein, es ist Schluss." „Du schaffst es bis Puerto." „Ich kann nicht. Alles ist sinnlos. Die ganze Aktion ist sinnlos. Ich bin sinnlos. Lasst mich in Ruhe, ich steige hier aus. Warum bin ich bloß Kajakfahrer geworden? Ich will raus aus meinem Kajak, habe von allem die Nase voll, ich suche mir ein Zimmer und bleibe die nächsten Tage hier in Los Gigantes."

Die Fischer sind beharrlich, ich soll die Milch trinken und die Schokolade essen, dann wäre ich wieder schnell wie ein Pfeil. Und dann erblicke ich Isostar. Ich fasse es nicht, die meinen es ernst und glauben an mich. Sollte ich wirklich aufgeben und sie enttäuschen? Was war die Sache dann wirklich wert? Alle hatten ihre Aufgaben erfüllt, nur ich nicht. Ich vergaß gestern sogar das Fernsehteam anzurufen. Hatte ich geglaubt, ich würde alles geschenkt bekommen? Sollte es so enden? Zeit war noch genug, rein theoretisch könnte ich es noch schaffen.

Der Dünne schraubt die Milchflasche auf und reicht sie mir. Die Flasche ist zu dick, ich kann sie nicht greifen. Es ist unmöglich, meine Hand weit genug zu öffnen. Mein Finger sind zu krumm. Ich solle meinen Mund öffnen und das tue ich. Es fließt Kakaomilch hinein, Mario zerbricht die Schokolade stückweise und legt sie mir auf meine Zunge. Sie deuten mir mit eindrucksvollen Gesten, dass ich noch mehr trinken und essen müsse. Die Milch läuft an meinen Mundwinkeln hinunter und die Hälfte schwappt daneben. Der Dünne grinst und nimmt dann selbst einen Schluck davon. Mario probiert die Schokolade und es schmeckt ihm. Sie sagen: „Es geht weiter, wir dürfen keine Zeit verlieren. Noch ein Schluck Isostar, und in einer halben Stunde gibt es noch einmal Kakaomilch und Schokolade." Ich paddle verwirrt los.

Dann fällt mir mein Paddel ein, es ist angebrochen. Wenn es hier brechen würde, wäre es kein Problem, in Punta de Teno hätte ich ein Problem, und zwar ein großes.

Mit einem Mal bekomme ich volle Power, ich habe wieder Kraft zum Paddeln. Die Nahrung wirkt. Bloß wie lange?

Nach einer halben Stunde stoppen mich die Fischer. Das Gleiche wiederholt sich. Es gibt Schokolade und Kakaomilch. Die Fahrt geht weiter.

Mein Kajak läuft schnell und ich brauche nur eine Stunde bis Punta de Teno. Hinter den Felsen bilden sich starke Windwirbel. Von allen Seiten bläst der Wind so stark, dass ich mich im Kajak kaum noch halten kann. Ich sehe die Wellen und höre den Wind pfeifen. Kein Stück weiter. Da komme ich niemals durch.

Die Fischer sagen: „Es geht." „Das schaffe ich nicht mit meinem leichten Boot, der Wind bläst mich davon." „Du schaffst es. Das sieht nur so gefährlich aus." Wie soll ich mich entscheiden? Mein Paddel ist angebrochen und der Wind kommt von vorn. Das Paddelblatt könnte mir wegbrechen. „Komm weiter", rufen die Fischer. Dann fällt mir das Paddel im Beiboot ein. Dort liegt noch mein Wildwasser-Paddel. Ich wechsle das Paddel und probiere einige Schläge. Aber ich komme mit diesem Paddel nicht zurecht. Ich habe mich zu sehr an das andere gewöhnt. Somit gebe ich dieses Paddel meinen Begleitern zurück.

In mir steigt Panik auf und ich paddle um Punta de Teno.

Die Wellen und der Wind kommen direkt von vorn. Auch mit größter Anstrengung bewege ich mich nur zentimeterweise vom Fleck. Meine Chancen, gegen den Wind anzukommen, sind aussichtslos. Ich schaue rechts hinüber und erkenne keine Brandung. Gibt es dort vielleicht Windschatten? Ich steuere sogleich dorthin. Meine Vermutung bestätigt sich. Der Wind weht schwächer und die Wellen liegen tiefer. Ich komme voran.

Die Fischer im Beiboot kämpfen und bewegen sich langsamer vorwärts als ich. Die Wellen fegen über das Beiboot und der Dünne schöpft ununterbrochen das einströmende Wasser aus dem Boot.

Wenn sie zu viel Gas geben und dadurch mehr Schwung erreichen, stehen sie mit ihrem Boot fast senkrecht im Wasser. Das Boot schlägt wieder nach vorn und der Bootskörper knallt hart ins Meer. Dabei spritzen Wasserfontänen zur Seite. Ich behalte sie fest im Auge, und mein Paddel übersteht den Belastungsdruck.

Unter mir wimmelt es von Fischen, ich kann aber nicht erkennen, um welche Arten es sich handelt. Da nichts passiert, mache ich mir keine weiteren Gedanken darüber. Vielleicht suchen sie ebenfalls Schutz vor der starken Strömung im Meer, aber das kann ich mir nicht vorstellen.

Motivierend wirken die Felsen neben mir. An ihnen paddle ich entlang und kann damit abschätzen, wie hoch in etwa meine Geschwindigkeit liegt. Es ist nicht schnell, aber ich komme gut voran.

Nach einer langen turbulenten Fahrt werden die Bedingungen allmählich besser.

Die Fischer fahren dichter an mich heran und der Dünne lächelt. Er steht auf und zeigt, wie nass er ist, und fragt mich, ob alles mit mir in Ordnung sei. Ich nicke mehrmals und er gibt mir noch ein Zeichen. Dann fahren sie weiter aufs Meer hinaus und angeln.

Sie kippen in bestimmten Abständen eine Flüssigkeit ins Meer und werfen eine Angel aus. Einer schaut ständig zu mir herüber. Was machen die da? Sind das Köder, die sie ins Meer kippen? Mir ist bei der Sache nicht ganz geheuer. Warum schauen sie ständig zu mir?

Hinter mir strahlt die Sonne noch hell, aber langsam nähert sie sich der Meeresoberfläche. Wie weit werde ich kommen, bis sie untergeht? Mein Blick richtet sich ständig nach hinten. Wenn sie den Horizont berührt, dann folgt die Nacht, und was wird dann?

Die Zeit vergeht langsam und das Abendrot bereitet sich erst vor.

Meine Schläge werden schneller, denn ich weiß, die Dunkelheit naht. Bis Garachico müssen wir mindestens noch kommen.

Durch den Wind und die Wellen hat sich mein Körper erfrischt. Das war eine willkommene Abkühlung von den Strapazen in der Mittagssonne. Schon lange spüre ich wieder die Kraft in mir und setze jeden Paddelschlag wirkungsvoll ein, und lautlos gleitet mein Boot über das Meer.

Und dort erscheint der Roque de Garachico. Noch ist er weit entfernt, aber ich schiebe mich weiter vorwärts, immer dichter heran.

Wo kommt die Kraft her? Fast eineinhalb Stunden habe ich in den Wellen und im starken Wind an Zeit verloren, und vor der Dunkelheit komme ich nicht in Puerto an. Mein Traum, die Insel in vierundzwanzig Stunden zu umrunden, wird auch nicht in Erfüllung gehen. Also, wozu strenge ich mich noch an? Fahre doch locker und gehe in Garachico an Land.

Ich drehe mich erneut um und schaue nach der Sonne, die sich langsam rot färbt.

Die Paddelschläge werden schneller, ich will zu diesem Felsen kommen, er zieht mich magisch an. Es geht mir nicht schnell genug, der Abstand zu ihm scheint gleich zu bleiben. Doch dann rücke ich näher und erschrecke.

Der ganze Felsen erscheint mir wie ein bedrohliches Gesicht. Es schaut genau zu mir herüber. Um mich herum dämmert es und die Wirkung ist ergreifend.

Wann wird es dunkel? Ich fahre nicht weiter und die Fahrt ist für mich zu Ende. Ich schaue nach den Fischern und sie kommen zu mir heran. Freundlich lächelt der Dünne und fragt, was mit mir los sei. Ehe ich mein Anliegen erklären kann, machen sie mir begreiflich, dass es weitergeht. Noch könne man alles erkennen, und so müde sehe ich doch gar nicht aus. Dann tuckern sie mit ihrem Boot davon.

Es geht weiter? Ich halte das nicht aus. Dann kommen sie noch einmal und schieben mir Nahrung zwischen die Kiemen. „Das muss reichen bis Puerto, mehr gibt es nicht."

Ich paddle langsam weiter und versuche zu begreifen.

Irgendwann wird es dunkel. Was ist, wenn das Wetter umschlägt oder mich ein Fisch angreift oder mir durch die hohe Belastung schwarz vor Augen wird? Ich überlege weiter und fasse einen Entschluss. Komm, paddle weiter, und es gibt nur noch eine Motivation, so schnell wie möglich nach Puerto zu kommen. Der Grund dafür? Ich habe schreckliche Vorahnungen, noch länger auf dem Meer zu bleiben, aber mir bleibt keine andere Wahl.

Das Wetter ist gut, die Seitenwellen sind nicht besonders hoch und die Fischer angenehm gelaunt. Es liegt nun ganz allein an mir, ob ich bis Puerto durchhalte.

Werden die Fischer auch in der Dunkelheit weiterfahren? Um Taganana haben sie es getan. Wie halten wir Sichtkontakt im Dunkeln? Auch wenn ich weiter überlegen würde, es hätte keinen Sinn. Ich wollte doch um die Insel paddeln und das in vierundzwanzig Stunden.

Vor Müdigkeit kann ich kaum noch die Augen offen halten, und mein Nervenkostüm ist weit über die Grenzen strapaziert. Meine Atmung ist nur noch ein wehleidiges Flehen, und trotzdem komme ich voran. Ich paddle so heftig wie bei einem Endspurt. Mit voller Kraft tauche ich das Paddel ein, und mein ganzer Körper arbeitet dabei. Beim Ausheben schleudern Wassertropfen durch die Luft, meine Adern schwellen an, und meine Arme platzen fast vor Anstrengung. Ist das die Urkraft, die in uns steckt und enorme Kraft mobilisiert, wenn wir spüren, dass unser Leben in Gefahr ist? Vielleicht unterschätzen wir unsere Gene, die uns über Tausende von Jahren überliefert wurden. Der Körper ist stark, doch der Geist ist schwach.

Wie oft im Leben geben wir viel zu früh auf, weil wir nicht fest genug daran glauben, oder weil uns unser unvollkommener Geist einen Streich spielt? Ist es ein Schutzmechanismus aufzugeben, um dadurch auf einen neuen, besseren und sicheren Weg geführt zu werden? Oder ist das Leben nur ein Spiel? Wer zu stark kämpft, der verliert, und wer gut spielt, der gewinnt. Können wir wirklich werden, was wir uns wünschen, oder ist es Bestimmung und Schicksal. Wer kann diese Fragen beantworten?

Mein Leben hat einen Kajakfahrer aus mir gemacht, und mit über vierzig Jahren bin ich es noch immer. Habe ich mir das so ausgesucht? Will ich das überhaupt? Wenn nein, warum ändere ich das nicht? Ich stehe morgens auf, werfe mein Paddel in die Mülltonne und beginne ein anderes Leben. Könnte ich ein kaserniertes Leben führen? Oder brauche ich meine Freiheit, um die meiste Zeit in der Natur zu verbringen und zu arbeiten? Aber auch ganz besonders dort wird Klugheit, Disziplin und Weitblick abverlangt. Alles unterliegt einer Gesetzmäßigkeit, das eine wie das andere.

Meine Anspannung steigt. Aus dem wehleidigen Flehen wird aggressives Fletschen. Ich habe mich mit meinem Schicksal abgefunden, und die Zweifel sind vorläufig verschwunden. Ich werde bis zum letzten Atemzug kämpfen, egal was mit mir passiert. Das Leben ist nichts wert, wenn man nur seinen Träumen hinterherhinkt. Aus einem Traum ist die Idee gewachsen, und ich sitze im Boot und mein Geist spürt, wie ich mir selbst die Haut abziehe und dabei meine Seele verliere. Ich muss es tun.

Unzählige Buchten und Felsen ziehen an mir vorbei. Im Dämmerlicht wirken sie hässlich, kalt und mystisch, dass sich mir die Nackenhaare sträuben. Ein idealer Platz für Dämonen und verloren gegangene Seelen. Die Wellen klatschen in die Felshöhlen und verursachen ein schauerliches Geräusch. An diesen dunklen verborgenen Orten sind Menschen nicht willkommen, und wer es trotzdem wagt, wird verflucht oder geehrt.

In meinem Paddel-Wahn verflüchtigen sich diese Gedanken und ich beschäftige mich wieder mit dem Meer. Die Wellen laufen gleichmäßig und ruhig und dann entdecke ich weit entfernt den Teide als dunkle Schattierung im Hintergrund.

Die Fischer fahren zu mir herüber, deuten auf eine Lampe und wollen meinen Wasserweg beleuchten. Das stört mich, aber sie bleiben dicht neben mir.

Seit einiger Zeit ist es stockfinster. Meine Augen waren zwei Tage lang der Meeressonne ausgesetzt. Kaum erkenne ich etwas. Die einzige Orientierung sind die Bootslampen vom Beiboot und die Lichter, die aus den Dörfern an Land funkeln. Es fällt mir anfangs schwer, den richtigen Paddelrhythmus im Dunkeln zu finden. Allmählich gewöhne ich mich daran, und mein Kajak gleitet auf dem Meer durch die Dunkelheit.

Die Fischer beginnen, mich mit ihrem Boot zu umkreisen, kommen zurück und leuchten nach mir. Sie sprechen mit lauten Stimmen, so dass ich sie hören kann. Sekunden später schlage ich mit meinem Paddel auf einen Gegenstand. Was ist das? Und kurze Zeit später ein weiteres Mal. Die Fischer rufen nach mir und ich antworte. Ich paddle weiter und meine Schläge werden schneller. Und dann ein drittes Mal dieser Aufprall. Irgendetwas schwimmt an mir vorbei. Ich kann es nicht erkennen und ich will es nicht erkennen und fange an zu schreien. Verschwinde, rufe ich. Bei den Fischern kann ich nicht anlegen, die Seitenwellen sind dafür zu hoch. Der Dünne greift nach einer Harpune, dadurch bestätigt es sich, ein Hai ist dicht unter mir. Ich habe Todesangst und paddle immer weiter. Anhalten kann ich nicht. Wenn mein Boot zum Stillstand kommt, liegt es unsicher im Wasser. Es ist schmal, und die Wellen würden es hin und her schaukeln lassen. Die Gefahr zu kentern liegt nah. Ich muss weiterpaddeln, denn nur durch die Eigengeschwindigkeit des Bootes bekommt es Sicherheit und Stabilität.

Ich fühle mich ausgeliefert, hilflos und finde keinen Ausweg, um diesem Albtraum zu entfliehen. Dann schaue ich zum Himmel, flehe und bitte um Hilfe, und mir fallen die Worte von Roque und die Münze, die ich bei mir trage, ein. Es wird ganz ruhig um mich herum und ich sehe etwas Rundes funkeln, leuchten und strahlen. Und wie in einer unsichtbaren Glocke eingehüllt, fühle ich mich sicher geborgen und rein. In meiner Brust wird es leicht und ich wünsche mir, dass es nie vergeht. Das Licht wird schwächer und ich erwache mit neuem Lebensmut wie aus einem schönen Traum.

Der Fisch ist fort. Was war geschehen? Ich erinnere mich nicht mehr genau. Da war etwas um mich herum. Meine Erinnerung erlischt.

Die Wellen steigen an, sie werden höher und kommen von der Seite. Puerto ist schon zu sehen und zeigt sich in seinem Lichtermeer. Wie lange würde ich noch brauchen? Das Ende ist schon abzusehen, aber es kann sich noch in die Länge ziehen. Die Wellen wachsen und die Brandung wird lauter. Mein Kurs führt Richtung Meer hinaus. Die Fischerlampen sehe ich nur noch selten. Ich blicke Richtung Land und hinter den Felsen, weit oben, werden die Lichter ständig mehr. In diesen Häusern leben Menschen und Familien. Sie sitzen jetzt gemütlich zusammen, bei einem wundervollen Essen und einer Flasche Wein. Vielleicht streiten sie auch und die Kinder kreischen. Vielleicht gibt es einen Grund zur Freude oder zur Trauer. Vielleicht lernen sich zwei Menschen kennen oder verlassen einander. Sie alle haben ein Zuhause.

Ein echter Kajakfahrer kennt so ein Leben nicht. Er ist eine Zeit lang mal hier und mal da. Nirgendwo kann er sesshaft werden. Ihn treibt es immer wieder davon. Nicht aus eigener Kraft, er folgt einer Sehnsucht – Sehnsucht nach der Freiheit der Natur, den Sternen und dem Himmel, nach klarem Wasser, klarer Luft, nach Wäldern und Bergen, dem Meer und der Brandung. Nur, ist die Zeit dafür nicht längst vorbei? Was ist ein Kajakfahrer schon? Die Frauen lieben ihn, aber sie misstrauen ihm. Wie sollte er – ständig unterwegs – sich um eine Familie kümmern, ihnen Sicherheit geben können?

Ein Kajakfahrer, der mit dreizehn Jahren sein Elternhaus verließ, um ein guter Kajakfahrer zu werden, ist endlich von einer langen Reise heimgekehrt. Er sitzt in seinem Boot und schaut sehnsüchtig hinüber zu den warm erleuchteten Fenstern. Vielleicht steht dort ein Mensch und sieht sehnsuchtsvoll hinaus aufs Meer.

Schrittreise ins Ich

Christine Illetschko

Christine Illetschko schildert, was Körper und Geist beim 24-Stundenlauf in Wörschach in der Steiermark erleben. In den vielen Stunden zwischen enormer Euphorie und tiefster Depression, in denen sie versucht, dem Körper eine Leistung abzuringen, die er schmerzfrei nicht geben kann, bleibt trotz Volksfeststimmung am Streckenrand genug Zeit und Muße, über vieles nachzudenken.
Resümee über ein Leben – über ihres und über das Leben an sich. Über Gott und den Glauben. Und immer wieder über das Laufen. Ein Roman, der nicht nur Läufer in seinen Bann ziehen wird.

ISBN 3-902324-25-2 · Format 13,5 x 21,5 cm · 142 Seiten · € 14,90

B.A.L.L.

Markus Traxler

Seit Jahrhunderten erfreuen sie Jung und Alt – die Bälle! In diesem Buch kommen sie selbst einmal zu Wort und stellen die Dinge aus ihrer eigenen Sicht dar. So erfährt der vom Ballsport besessene Zeitgenosse auf amüsante Weise neben den herkömmlichen Ballspielen wie Basketball und Fußball auch viel wissenswertes und informatives über unbekanntere Formen wie: Bandyball, Bosselball, Lacrosseball, etc.
Aber auch die „Kulturgeschichte des Balles" kommt in diesem Buch nicht zu kurz. Mit Witz und Humor werden die drei Theorien zur Entstehung der Bälle geschildert und aus verschiedenen literarischen Genres Ballgeschichten zum Besten gegeben. Insgesamt ein Werk für alle, die sich ein Leben ohne den Ball nicht vorstellen können.

ISBN 3-902324-48-1 · Format 13,5 x 21,5 cm · 178 Seiten · € 15,–

American Way of Life

Land der unbegrenzten (Un)möglichkeiten

Björn Olaf Kämpfer

Ende August 1998 kommt der Berliner Student Björn Olaf Kämpfer in die Vereinigten Staaten um ein Praktikum in einem Bahntechnikunternehmen zu absolvieren. Nach einigen Anfangsschwierigkeiten macht er sich mit den Eigenheiten des Landes und dessen Einwohner vertraut: den häufigen (nicht immer) falschen Feueralarmen, dem Schredder im Abfluss, den großzügigen Öffnungszeiten der Supermärkte und dem unerschütterlichen Optimismus der „Amis". In Form von E-Mails an Familienangehörige und Freunde erzählt er informativ und amüsant, angereichert mit einer beträchtlichen Portion (Selbst)Ironie, über den Alltag und viele, schier unglaublich scheinende Dinge im „Land der unbegrenzten (Un)möglichkeiten".

ISBN 3-902324-39-2 · Format 13,5 x 21,5 cm · 256 Seiten · € 17,–

novum
VERLAG